〔瑞典〕埃里克·卡尔费尔德 ◎ 著

董铮铮 ◎ 译

荒原与爱情

海峡出版发行集团　海峡文艺出版社
THE STRAITS PUBLISHING & DISTRIBUTING GROUP　Haixia Literature & Art Publishing House

图书在版编目(CIP)数据

荒原与爱情/(瑞典)埃里克·卡尔费尔德著;董铮铮译. —福州:海峡文艺出版社,2017.8(2023.9重印)

(诺贝尔文学奖大系)

ISBN 978-7-5550-1158-3

Ⅰ.①荒… Ⅱ.①埃…②董… Ⅲ.①诗集—瑞典—现代 Ⅳ.①I532.25

中国版本图书馆 CIP 数据核字(2017)第 144409 号

诺贝尔文学奖大系

荒原与爱情

[瑞典]埃里克·卡尔费尔德 著 董铮铮 译

责任编辑 蓝铃松

出版发行 海峡文艺出版社

经 销 福建新华发行(集团)有限责任公司

社 址 福州市东水路 76 号 14 层

发 行 部 0591—87536797

印 刷 福州俊丰彩印有限公司

地 址 福州市晋安区鼓山镇鼓一村福光路 189 号

开 本 889 毫米×1194 毫米 1/32

字 数 170 千字

印 张 7.875

版 次 2017 年 8 月第 1 版

印 次 2023 年 9 月第 3 次印刷

书 号 ISBN 978-7-5550-1158-3

定 价 44.00 元

如发现印装质量问题,请寄承印厂调换

颁奖辞

瑞典文学院常任秘书　安德斯·奥斯特林

倘若有人询问埃里克·阿克塞尔·卡尔费尔德的瑞典同胞，为什么大家都如此欣赏卡尔费尔德，他们都会根据个人好恶，十分乐意而轻巧地告诉你答案。这是因为，这位才能卓越的诗人能够引起瑞典人民的共鸣。他作品的精髓，正是这个民族所追随的灵魂。此外，他还将那让人们赏心悦目的家乡风貌诉诸笔端，成为他作品中所描绘的长满松柏的一座山峦。

但是，经慎重考虑且欣赏过卡尔费尔德作品的瑞典人，他们对此有自己新的看法，甚至认为上述解释并不能够满足大家对他的评价。卡尔费尔德所描绘的世界，给读者带来的是一种亲切而又熟悉的感觉，却很难对它下一个合适的定义。虽然现在他创作的美名已经传遍天下，但瑞典国之外的读者还是很难理解他的作品。就算极尽溢美之词，也不能完全表达对他的赞誉。他的作品中总带着几丝神秘感，其潜力和实力也需要我们去挖掘、分析。

现在，卡尔费尔德既然已经获得了这项环球大奖，那么就很难用这寥寥数语介绍这位杰出的抒情诗作家。他那深情的抒情诗总能够令人回味一番，诗篇中的每一句话不仅显露出其对命运的理解，还更深一层地表现出诗歌的思想本质与他的母语之间的紧密联系。正因为这个原因，只有瑞典人才能充分理解卡尔费尔德诗中所流露出的优秀的特殊本质，而作品被翻译成他国语言之后，这一切就仿佛多了一层隔膜。就事实而言，他的诗作并不比任何一位所谓的文豪的著作要逊色，他凭借自己的母语——这样一种小语种进行创作，却取得了如此了不起的、辉煌的成就。

　　如果以对卡尔费尔德的严格要求作为评判标准，那么，他于1895年所创作出的作品只是初出茅庐。之后，他凭借自己的天赋以及后天的努力，为自己的写作生涯铺上了红地毯。他的写作生涯大致可以分为三个黄金阶段，这三个阶段可以概括为成熟时期、稳定时期与才华横溢时期。第一阶段的作品主要以歌颂自然为主题。如同游吟诗人一样，他对自己的作品有所领悟却又夹杂着自我否定。不过后来他醒悟过来，开始思考，那样的质疑从实质上讲有什么用处？对人类来说又有何意义？在这样思想挣扎的情况下，他奋力想要创作出一位可以寄托情感、痛苦与讽刺的人物。这个人物既是一个独立个体，又作为他的替身而存在。根据这样的想法，他塑造了"弗里多林"的形象。他有一部诗集，名为《弗里多林的乐园》(1901)，里头的人物便被拿出来做讨论。一开始，卡尔费尔德不愿意过多地描写这个人物的私生活和内心世界，因此，该人物的形象是比较羞涩的。但是没过多久，他就出现在一场丰盛的晚宴上，迈着挺拔的步伐，头上戴着花环，样子看上去就如同一个粗鲁的表兄。靠着野蛮的行为，他在北方诸神中赫赫有名，可谓是一位有头有脸的大人物。实际上，卡尔费尔德的整个家园如同世界的缩影，就像诗中的达拉那农庄墙壁上的五彩壁画所描绘的《圣经》中的场景一样。虽然卡尔费尔德作品里一般都会带有幽默色彩，但是通常都被包装成庄严肃穆的样子。

卡尔费尔德的作品一贯保有中立的观点，留有几分让人诧异的和谐感。诗歌之于卡尔费尔德，就像是生命涌动的轮回，在平静的表面之下，掩藏了滔天的挣扎，极具张力，牵引着他继续创作。所以，他的《秋之号角》（1927）这一诗集中，以柔和而又不缺力度的管风琴声作结尾。之所以这样，一方面是借用圣洁纯白的达拉那小教堂的圣歌烘托出孩子们纯真的内心世界，另一方面则是希望把宇宙之中那种肃穆、纯洁的灵魂传达开来。

卡尔费尔德的作品展现给世人的是一种时代少有的统一性。如果有人想深入他的内心世界了解他，那么，这样一个词语能够满足你的好奇心：自律。究其源头，虽然他有时候会很纵情，就像带有强烈的异教元素那样，但是，有时候他的内心又像从未相信有妖魔存在那样，难以让人相信他的作品中会带有这样的妖魔气息。然而，对于作品展现出的异教教徒在月光下歌舞狂欢的景象，更是成为诗作中的一大亮点。他对纵情陶醉和纯洁灵魂的向往和追求，相互糅合，展现在作品中，毫无抵触的感觉。他将这两种完全不同的情感融合在一起，同一位艺术大师那样，无论多复杂的东西经他的手精巧修饰一番，都可以呈现出完美的一面。

卡尔费尔德那朴实的农民气质，虽然不会令他厌恶纯粹的美学，但他的作品之中很少出现纯粹的诗歌，这是因为他对这世间苦难的强烈关心。我们可以从他美丽不朽的诗作之中，依次找到这样的良苦用心。他存活在一个新旧变迁的时代，因而他那引人思考、引起共鸣的诗句，为这样的时代创设了新的道德体系，成就了稀有的成果。即使我们不能背出他那些扣人心弦的诗句，但也不难品味到他的独特之处。从他诗作中，我们可以联想到奥普利曼河岸边的老琴手在给大家奏乐，或者是一位织女在纺纱机旁织成优秀的作品，让人们感到既亲切又熟悉。

令人念念不忘的优秀诗篇，总是含有创新和保守这样的特质在内，一方面呈现出不断尝试的新鲜感，另一方面则总是留有不可逾越的传统感。卡尔费尔德在创新的精神创作中又夹有几分令人似曾相识的传统感。作为一名诗歌创作者，他竭力从已经或者即将消逝的过去中，展现出不落入俗套的作品风格。他有着不断超越的现代主义者风范，坚定地摆脱迷信，不断革新。其次，不容置疑的是他的诗篇中除了带有强烈的地方色彩外，还有着超凡脱俗的想象力。如此看来，这位吟诵达拉那地方的歌者，可谓是这一时代优秀作家中的凤毛麟角。

综合以上种种叙述，我们秉承着公平、公正的国际精神，现将本年度（1931年）的诺贝尔文学奖，颁发给我们伟大的诗人埃里克·阿克塞尔·卡尔费尔德。但是，因为死神阻止了他亲自来领奖，因此，转由他的家人代为接受这份荣耀。虽然他的灵魂已经居住在天堂，但是他的作品永远和这个世界同在，其在诗歌的国度之中释放出的光芒，将会比夏日的骄阳还要灿烂，照亮了我们充满苦难的人间大地。现在，我们虽然只能目睹那一座墓碑在晚冬的阴郁之中摇曳，但是这位伟大的灵魂生前所创作出的诗篇将在我们的赞歌中流传；除此之外，我们还能够感受到其从远方带给我们的一丝温暖。所有的这些感受都源于他所创作的诗歌，而这些诗歌还会被越来越多的人所接受。

致答辞

（卡尔费尔德在获奖前已经辞世，故未能致答。）

目　录

1

荒原与爱情

我的先祖

他们如恒河沙粒，
湮没在千千万万普通人之中，难以寻觅。
但我依旧可以凭借那传承的血脉知道，
他们就是在我脚下的这片土地上繁衍后代，
勤恳一生：
在约恩贝拉郡这古老的热土上，
开垦，探矿，农耕。
那时他们还不会使用工具，
还没有赋税将他们肩上的担子加重。

在家里，他们就是自己的国王，
他们饮酒缓解白天耕作的艰辛。
他们敬畏上帝，
他们敬重国王，
他们无悔无怨，
他们对爱情十分忠诚，
他们操劳，耗尽力气，
连在死亡的时刻都是默不作声的。

我的先祖们啊！
当我孤单，被自己的欲望折磨，
想到你们，
我就有力量面对，
面对我那过分奢侈的人生；
你们的食物粗粝难忍，
你们白手起家，衣衫破旧，
你们开垦荒滩，造福子孙，
我怎么有资格奢求这优越的生活能长久、永恒？

我的先祖们啊！
当我无法抗拒诱惑
内心苦苦挣扎的时候，
我会由衷地怀念起你们：
在激流中搏击，淋漓酣畅，
这些怀念总会护佑我，
使我遇难成祥。

我的先祖们啊！
梦见你们，
我的灵魂便立刻变得温驯。

我像是一株幼苗，
安逸将我的根须侵蚀掉，
我放任自流，
不知将你们的箕裘克绍，
我背离了职责，
抛弃了你们的基业。
光阴匆匆流逝，
年复一年，
耳边的靡靡之音如此诱人：
"就这样吧，就这样吧，大家谁不是这样，
庸碌一生？"

但我心中的诗就像海潮，澎湃汹涌。
我在思索：
在你们的时代，
哪有华服美食？
哪有丝竹声声？
哪有晴好的阳春和欢快的鸟鸣？
在广阔的山林里，
你们长歌当哭，仰天太息，
弯下腰身刀耕火种。

我依然听见：

车轮滚过大地，斧子铮鸣不已，

沃野出自你们的锄犁。

夏日男子汉

请不要恐惧，
更不要试图逃跑，
我正在慢慢走近你!
哦，我手里捧着一束玫瑰花，
只是上面沾满了灰尘
这些，都是我对农场主女儿的小小心意。

我出身农家，
我在路边乞讨和演奏，
我是个诗人，也是个歌者，
我的内心纯洁无瑕。

我能写会算，
却早已把自己的勇气丢弃。
现在，我就要甩掉这一身的酸腐气，
换上乡野拉纤之人的短衣。

给我力量啊，

你这万顷草场的皇后，
让我做一个小小的晒草匠，
在你的众多仆人中，只有我
心思灵巧，身体强壮，
能徒手扯碎一整个夏天，
只为见你一面，在你的草场上，
看你的面容在阳光下闪闪发光。

草地上其他的花朵，
它们的存在就是渎神的象征，
我会把它们的美丽狠狠践踏，
如果你不想见我这样，
就请尽管吩咐，
我也可以去放牧牛羊。

我情愿在麦秆和柴禾间走来走去，
在被三叶草染就的漆黑的夜里，
在鸡叫声里，
在夜莺的叫声里，写下十四行的稼穑诗。

如果你的门外有任何响动，

面对暗夜里的繁星，用不着慌乱，
我仁慈的女主人啊，
因为那是我，你夏日的男子汉！

春景一则

河水潺潺流过平原，
豁口的桦树皮汁液滴答，
苍鹰也在高山上发出了求偶声，
听来如置身于可怖的长夜一般。

啊，南风吹过荒野，快乐地喧哗！
马上，马上就要过节了，
马上，马上就是五旬节了，
到处都闪着柏油燃烧时冒出的小火花。

乞丐在欢快地舞蹈。
修鞋姑娘也把摊子摆在了阳光下，
她的吆喝真动听，
就像用桦树皮包裹、用松香擦过的小提琴。

手推车也发出辘辘声——
车把式的儿子从磨坊回家：
孩子们吃惊地看着他，

妇女们也都挤在窗下把他夸。

姑娘们一路跟着他，
山谷的河水浸过她们的脚丫，
肩膀宽阔、满身白面的小伙子，
她们盯着他，真漂亮呀！

不过啊，小伙子另有牵挂，
越过浓雾的山谷，
有一栋小房子的窗子闪耀在阳光下，
那里住着他身材曼妙的埃玛。

青春的爱情

她爱着我，在她的青春年华，
我们一起散步，
在飘满花香的黄昏，
在夜晚显得阴森的树林，
在蓬蒿和灌木丛中踩出属于我们自己的小径。
我们忘记了一切：
无论是杜鹃的声声提醒，
还是森林中的黑暗精灵，
我们只爱我们自己风流的青春。

音乐在幽暗的角落里蜿蜒响起，
如温柔的新娘之歌；
歌声从云彩和花丛中飞出，
从长满三叶草的山坡上流过。
如同暗夜晨星般闪烁微光，
我的维纳斯端坐，
如皇后般安详。

我们将手牵着，

心儿一起跳动，"嘭嘭"直响。

我们一同在山谷散步，

小溪悄悄流淌。

我们在泉边接吻，

吻得干渴就捧起泉水来喝。

草地上黄油花①盛开，

我们陶醉其中，

我们一起看星星，

我们的心一起跳得炽热。

①北欧的传统风俗中，黄油花被认为是新娘子的花。

打　猎

晒在篱笆上的亚麻就要干了，
蛇麻草也一样，
如火红的狐狸、金闪闪的貂皮，
在牧场里闪闪发光。

夕阳西下，天色不再明朗，
牛群也回了圈。
护林员的小屋影子越拉越长，
从近处的树荫伸延到远处的篱笆。

啊，她只有十八岁，
她在井边打水，
阳光照在她的头发上，秋日玫瑰般浓艳，
她是那样美，那样康健。

她装满了水桶，
心里也装满了奇怪的念头。
夕阳西下，人声渐稀，天色不再明朗，

甚至也听不到猎物逃窜的声响。

她一整天都在听着这些声音，
现在，她挎上野莓筐，
走过黑漆漆的森林，
走向他的狩猎场。

她忘记了时间，
甚至错过了晚祷的钟声；
她只将她的猎人想念，
她和他一起歌唱笑闹的时光。

烂树叶和土豆茎的气味
吹拂在晚风中，
她一个人走向护林员的小屋，
步履匆匆。

獾皮包鼓鼓囊囊
露出猎物五彩斑斓的霓裳，
猎狗子也跑来跑去
不住地叫着，"汪汪""汪汪"。

她微微低着头，耐心等待，
等待着她那红脸庞的客人归来，
两鬓突突地猛跳，
好一位俊俏的姑娘情窦初开。

她捧出了酒浆，
独自等待在云杉环绕的水井旁，
她将以自己的双唇为觞，
招待我，那打猎归来的快活儿郎。

邂　逅

这一位姿容俊美的小姑娘
站在自己家木栅栏门旁。
她戴着夏日的兜帽，
修长的手臂支在篱笆上，
脸上闪着美丽的青春之光
像七月的天气，带着炽热的渴望。

从柴堆和灌木间的小路上，
走来了一位
脚步快活、兴高采烈的年轻儿郎。
他眼神脉脉地望了望那姑娘，
啥都没有讲，
便穿过小径，走向泥灰的池塘。

那姑娘还在凝望，
看着他在丛林深处不见了踪影。
"这个傻瓜，真是窝囊！
干脆在荒漠中老死吧，

母鸡吃食尚且要找，就你这样，
哼，爱情想都别想！"

春之舞会

德国乐队的伴奏之下，
孟夏之夜，我们的歌声荡漾。
我们忘掉一切规矩，
我们年轻、快活，只知道在爱情中徜徉。

山上的牧场变成我们的舞场，
周末的提琴乐声奏响，
在桦树荫下回荡，
这属于我们的欢乐的朦胧的时光。

华尔兹悠扬，
我们纵情舞蹈，将地面震得山响，
帽子歪戴在脑门上，
我们松开衣领，好让呼吸顺畅。

今夜，我们尽情放纵着自己的青春，
如赤子一般返璞归真。
舞蹈过后，坐在长凳上休息片刻，

怀中抱着姑娘们。

新月弯弯，夜空苍白，
风儿微微吹动，
野果在这时越发显得浑圆，
探出它们的尖刺，在青枝绿叶中。

夜风吹送欢快的乐声，
大自然在用力地萌动。
它燃烧在少女满怀爱意的心中，
在男儿的心弦上得到回应。

在我们欢快的春天里，我把你举向天空，
我的女神，
我看见你灼热的目光，
听得见你在紧身衣下的怦然心动。

太阳和月亮

有两位姐妹守护着天堂：
太阳意气风发大放光芒，
她的妹妹
是面色苍白、时常哀伤的月亮。

姐姐整天忙得团团转，
芦苇丛，草原，
整个夏天，处处都可以看到她美丽的身影，
春天，她给人们送去和煦的媚眼，
冬天就坐上雪橇，消失不见。

她目送秋波，笑着歌唱，
吸引了太多小伙子们求爱的目光，
不过啊，每当人们靠近她的时候，
她就破口大骂，像泼妇那样。

她的妹妹是个痴情的女郎，斜挂在天上，
怀着情意和忧伤，

做着安详的梦儿，幻想联翩，
她的叹息令人伤断心肠。

深夜，羊倌察看牧场，
她静听羊群的咩叫；
当烂醉的书记员在土坯房子里歌唱，
为他的一颗诚心，送去安慰的良药。

如今，监护人给我写信：
"打你离开后，姑娘们便都闷闷不乐地走掉，
年轻人啊，你难道不知道要怎样？
莫辜负她们，请挑选一个姑娘！"

好吧，我这就回来，在秋天的时候，
我会在铺满落叶的树林中遇见你温柔的低垂的目光，
我温柔的月光啊，我要同你嬉戏，教你歌唱，
对你念诗来倾诉我的衷肠。

然后，我会在一个晴朗的日子，
这一对姐妹都喜气洋洋——
我要勇敢地对着你们的父亲讲：
"您呐，请让那灿烂的叫作太阳的女儿做我的新娘！"

格雷恩格女郎

在格雷恩格家，有一位我心爱的女郎，
那是一家小客栈，
我们已经很久没有相见，
满脑子都是痛苦难言的思念。

我将马儿套上了雪橇，
穿上一件鹿皮长袍，
这样，赶起车来便会格外暖和，
如倚靠在爱人的怀抱。

我的小马驹，你一路昂首飞跑，
将一切疲乏甩掉，
你飞驰着，
就像火光在夜空里闪耀。

驶过柴堆和岩矿，
我们没有在黑夜里迷失方向；
驶过积雪和小酒馆，

我们飞驰在漫天星光下大风怒吼的旷野上。

那一间叫作格雷恩格的小酒馆，
三辆雪橇停在门前。
我那心上人
三位客人正在将她使唤。

她友善地微笑着
哼起小调，将头一位客人带进了大厅，
那儿的架子上摆满葡萄酒，
桌子上净是佳肴珍馐。

她毕恭毕敬
将第二位客人引入一间雅座，
他是本教区的牧者，
吃起饭来，最好让他一个人待着。

她走近那客人中的第三个，认出了我，
便将心爱的名字大声地叫着，
欣喜若狂，如此响亮，
让一切宾朋主客都听见了。

之后，她带着骄傲的神气
将手放在我的手心里，
把我带进她的卧室。
我心潮澎湃，接受了她的这番美意。

仲夏曲

一

一位衣冠楚楚的绅士从树林里走出来：
马刺靴，缎檐礼帽，
衣襟上还挂着金质奖章，
总之，男爵该有的玩意儿一样也不少。
他见识过世界上最浮华的场面，
也和淑女们一起欢宴舞蹈，
他穿着乌黑油亮的皮鞋，
却像一头灰心的公羊那样低垂着头角。

一位俊俏的姑娘走了过来，
风情万种，足以让任何人看呆。
虽然衣衫褴褛，
却不妨碍她的青春和光彩。
"美丽的姑娘啊，请你停一停脚！
听听我的声音，到我高贵的肩上靠一靠。
请让你的光芒在我华丽的居所中闪耀，
我可以给你金子，随便多少。"

"老家伙，再见咯，
过会儿，我就要去那泉水边把舞跳。
眼下我要把小奶牛照顾好。"
那位姑娘匆匆地答道。
她跨过石头和树桩，
渐渐远去的步履，轻轻飘飘。
仲夏的阳光里，
那男爵足登乌亮的皮鞋，神情潦倒。

二

我坐在演奏台那里，
你从旁边走过，
依然是那样美丽，如去年今日，
然而一切已过去。
我愿意做你的皮肤，温热细腻，
令人着迷——
叫着"心上人"，吻着你，
虽然，我对你仍是所知无几。

青翠的田野中，

正举行着我们的婚礼，
在这一片广阔的绿色的田地上，
我们紧挨着坐在一起。
我们要这样过一辈子，
直到死亡将我们分离。
今夜，我要在你之后晚一些回去，
把欢乐尽可能地留在这里。

夜晚匆匆流去，
它如此短暂又富有魔力。
我听见欢快的笑声，
伴随着华尔兹和卡波尔舞曲。
她使人们尽情欢乐，
双手的劳作得到了上帝的怜恤，
穷苦的年轻的人儿啊，
这快活美好的时刻，只属于你！

秋之小曲

你好啊，年轻的女郎，
你的温柔带来秋日的凉爽！
白昼里，你如狩猎的女神四处游逛，
在桦树荫中将号角吹响；
到了夜晚，你这活泼的女郎，
就化身为精灵，在舞会上令人心神摇荡。

我快活的女郎，你美貌又善良，
一整个苦夏的辛勤因你而得到奖赏。
我们终年为粮食而着忙，
多谢你，为我们描绘了丰收的美妙景象。
虽然你有时也不够体谅，
用疾风骤雨宣泄着自己内心的惆怅。

棒槌在敲打，
亚麻布被揉搓得窸窣作响，
姑娘们红着脸庞，
一心幻想着未来的生活和她们的新郎。

外边起了大风，
吹着山谷，是那样凄切荒凉。

大路上走来乞讨的女人，
她的孩子穿着破烂的衣裳。
用不着求嚷，
农舍如今有足够的粮食可以施舍给她们，
哪怕是本乡的老大娘，
都会用丰富的宴席安慰她们的饥肠。

起风的夜里，关上门户，
牧羊人举家围坐在一起。
在夏日里赶着牛羊出去，今夕才得团聚，
天伦之乐简直无可代替。
那是谁，在悄悄地走来走去？
不是偷苹果的贼，便是急于求爱的男子。

——啊，秋天，我美丽的善良的女郎，
爱情的果实如此美妙！
你成熟的容貌如此姣好，
挺起胸脯，脸蛋如红苹果一般妖娆！

忠诚之宝贵一如爱情，

我们的激情将永远燃烧，火光熊熊。

我打猎归来，若天色尚早，

便会看见你在暖风里向我远眺；

若夜幕已经降落，

便会听见你的声音从窗口将我急切地呼叫，

企盼着河岸上我的火把。

啊，这惬意的秋天的爱情，如此美好！

小夜曲

松树干，桦树叶，
都变成了瓦片，铺上你褪色的屋檐，
夜色沉暗，
你在干草的床榻上静静安眠。

冬日如衣装雪白的求爱者，
将你的窗口翻越，
在这四壁的围墙中间，
为你带来一个美梦，暖暖和和。

在室外狂暴呼号的大风雪中，
梦见夏日嬉戏的暖风，
梦见在那碧绿的桦树下的小屋里，
你枕着我的臂弯，酣睡不醒。

女 巫

当夜晚变得黑漆漆，
生出朦胧的雾气，
女巫便戴上那条长可拂地的面纱，
悄悄溜出门去。
她围小房子走来走去，
穿过一片菜地。
她回到家，将面纱上的露水抖去，
将一杯酒喝下肚里。

她的长凳上等候着一位女子，
像鼠子一般安静，
眼泪滴落不已，将她的衣裙濡湿。
唉，这眼泪变不成良药，
也不能医治她那冥顽不灵的夫婿，
他的罪孽何曾停息！

但是，女巫施起法来，
无尽的泪水遂又汹涌而来，如大雨

降在被抛弃的新婚的衣裙上。

她的哭泣并未停止，她的抗争还在继续，

直到那枕头被泪水漂起。

泥　潭

泥潭从山脚延伸到林边，
看上去清浅而平坦。
在那长满蒲苇的草丛中，
漂浮着一层油污，水面幽蓝。

复活节的时候
这里曾落下一对歇脚的野鸭，
不过马上又飞了起来，
因为它们不愿把自己的羽毛染花。

森林穿上盛装，像在过五旬节一样，
四处点染着新绿，
一棵新生的樱桃树，
如一位穿戴整齐、准备晚祷的少女。

但泥潭是那么的忧伤，
像一位贫苦的新娘，
将眼睛哭得眼睛红肿，

惨白的芸莓点缀着她褪色的衣装。

森林里一片朦胧，
松鸡和山鹬在暗处翩翩起舞，
而泥潭只有蜻蜓和蛙鸣，
波澜如墨水般黑得可憎。

夏夜里，一头奶牛迷失在林中，
佃农的女儿为了寻找它，
来到泥潭旁，
随即便发出凄楚的哭声。

传言在这泥潭下面，
隐藏着太多的事情，污秽不堪。
长嘴鹤发出阵阵哀鸣，
那声音多么凄惨。

有死于母亲之手的孩童，
阳光还没来得及照进他们的瞳孔；
也有遇害的商旅，
都被扔在这深不可测的泥潭之中……

她的眼神流露着惶恐，
那些孩子窥望着桤木和松木的树丛：
在这恶臭熏天的泥潭上，
瘴疠弥漫，魅影幢幢。

出发的那一日

太阳像以往那样升起，
笼罩在沼泽上的薄雾已经散去，
我就在这时出发了。
村庄坐落在夏日张开的巨伞里，
氤氲着五彩缤纷的暑气。

四处寂寂，我冲着无人的窗户说着别离，
嗨，白费力气——
你们都还在睡梦里，我的小伙计！
如今这酸橙树正开着花儿，
待我再来问候你，
将是天色昏暗、枯叶遍地的深秋天气。

我从光芒万丈的康庄大道，
走上昏暗的小径，
树林披着光闪闪的锦衣，
眼下，已是正午，
鸫鸟的小夜曲，

早已经在树林中响起。

我搁下行李
打算在这山坡上好好休息。
山脚芳草萋萋，还有一片火红的亚麻地，
金黄的毛茛散发着光芒，
车轴草的阴影中，
蓟草殷红的花球有着可爱的模样。

极目远望，旷野上，
一泓清澈的小溪正泛着粼粼的波光，
黑暗丛林里传来一声遥远的鸟鸣。
我靠着树干，
意味深长地回忆着幸福的过往，
大地的乳汁甘冽清凉，胜过一切酒浆。

榛树丛归于安静——
像孩子被母亲温柔的亲吻带入了梦乡，
我安心躺卧在丛林圣母的手臂上。
不知道过去了多少时光，
酣睡之中，

青草的胸脯一直依偎在我身旁。

在蕨菜丛和熊莓树中间，
我睡得这样安然。
此时，一声凄切的哀鸣响起在我的耳畔，
我睁开蒙眬的睡眼，
看见一只鹈鹕，如红色的小船
飞翔在夜晚的高天。

花楸树

圣约翰之夜的天空一片清朗，
空气湿润凉爽。
我从花楸树上，
采下一大捧灰白的鲜花。

圣约翰之夜的天空一片清朗，
空气湿润凉爽。
我把花楸树的枝丫，
放进你的卧房。

花儿热烈又芳香，
闻着这种香气进入梦乡的人儿啊
（在这一带，大家都这么讲），
整夜都会梦见她的情郎。

当你深夜醒来，
安静地躺卧在床上，
闻着我亲手摘下的花儿，

我便会进入你的梦乡。

在那五旬节花环旗子下的舞会上，
歌乐的声音多么嘹亮，
你念念难忘，
将它带回阴冷昏暗的阁楼。

那么多情话令你欢畅，
在风里回荡。
舞会散场，你夹在人群里回家，
走过田野和牧场——

我的微笑不过是伪装，
其实充满担心；
担心着你会将一切遗忘，
只想着梦里的情郎
而我们只能永远地天各一方。

渔光曲

我向着快乐远航，我有自己金灿灿的阳光，
我的姑娘就是我的船长；
她有鲑鱼的模样，
脸蛋丰满，身材颀长。
哦，她是肥是瘦
不需我多讲——
只是刚刚收到船上的那一网鱼儿，
多到我自己都不敢想。

这些可怜的姑娘
来到我的船上。
她们随我漂泊在神秘莫测的海洋，
被风吹得晕头转向，
带着湿漉漉的海水回到岸上，
她们的心充满忧伤。
因为欢蹦的鱼儿和歌唱的海浪
已经被她们遗忘。

可是，不要着急不要哀伤，我的姑娘！

我的心从未对你撒谎。

请再一次相信我，

就像我始终相信着你的誓言一样。

一个在风浪里漂泊的儿郎，

即使会改变容貌，

那汹涌翻飞的海浪，

也永远不能淹没他忠诚的心肠。

我的家在索恩布山上，

那里土地贫瘠，种不出任何口粮。

那里没有奶牛和猪羊，没有家禽可豢养，

却也没有饥荒。

因为在我的桌子上，

餐盘里，有漂亮的鲷鱼和鲈鱼作为食粮，

可是啊，我的姑娘，

相信我——爱情比食物更棒！

孤独的乐师

他的出场就像一个流浪汉：
破衣烂衫地从大雨中走出来，
裤子湿漉漉，
衣襟上散发着酒气熏天。
褐色的皮包鼓鼓囊囊，
一道乌黑的浊流正向下淌，
他把行头放在一边，
敲着门，求人家收留他度过这个夜晚。

"又是谁——"
里面有一个声音这样喊：
"天哪，谁都可以来这儿讨上一餐！
住到下人们的屋子里吧，
你可以拿些干草
将那里的一张空床铺铺垫垫。"

听到这话，流浪汉气得两眼冒光，
转身就要离开这个地方。

他愤怒地抓起行囊，嚯，弄出了极大的声响！
接着，那农场主又喊了起来：
　"别走，好家伙，为我奏上一曲，
　要是好听就有饭吃！"

流浪汉拿出小提琴演奏了第一支乐曲，
这是战鼓声声，那是枪林弹雨，
啊呀，真是感谢上帝！
农场主一脸兴奋，眼神如火燃起。
　"战争虽说是最糟糕不过的事，
　我却像是回到了在行伍里血气方刚的年纪！"

第二支乐曲开始，
天哪，像祈祷的钟声，如夏日的圣曲
来自上帝馨香的居室！
炉火边传来女主人的声音，
虔诚却又激动不已：
　"把我们最好的床腾给这乐师！"

第三支曲子让人如同置身在山林里，
鸟儿在喁喁低语，

天哪，一双双在舞蹈嬉戏！
农场主的千金欢快地跳了起来，
搂住他的脖子，
漂亮姑娘与快活的乐师吻在了一起。

农场主在桌子一边端坐
说话的语调无比柔和：
"喝一杯吧，天哪，我和孩子的妈妈
都喜欢你的曲子和歌。"
那姑娘也娇羞地说：
"陌生人，你要是离开，我恐怕就要伤心了。"

年轻的乐师带着吟吟的笑意，
将斟满的酒杯端起。
"我不是坏人，真的！
我是一个有学识、有教养的管风琴乐师，
美丽的少女，能与您结为连理，
在下，阿佩尔克维斯特，将荣幸无比！"

致等待者

棕色的马匹在厩里扯动缰绳，
他蹬踏又嘶鸣，在焦急地呼唤着我们。
他吃不下燕麦和新鲜的干草，
等着他的主人和女友。

双轮小马车漆成绿色，在屋前停靠，
他抖擞着长鬃毛，拉动车轮，大声嘶叫，
他期待着在天空下驰骋，
载着恋人在村庄飞奔，让人们目瞪口呆。

新开的花蕾如此可爱，
但他晃掉脑袋上的尘土，默默地走开。
他只想着你青春的娇小酥胸，
只想着没有秋天，鲜花永远盛开。

太阳躲在云层后面，经过了这漫长的一天，
风儿懒惰，游来走去就像催眠，
但当我们启程时，阳光灿烂，
整个森林都在呼唤：我们就是在把你期盼！

牧女与命名日

哦，告诉我，你在眺望些什么？
告诉我，你和你的孩子哪里住着？
一日的时光飞逝而过，
为了寻找你，我登上那高坡。
来啊，我亲爱的，请离开那野莓丛，
莫再对蔓越橘和覆盆子恋恋不舍。

白色的羊群出现了，
山坡上流淌着秩秩的小河，
天空明亮且微笑着，
降下如面粉一样洁白的雪；
朋友啊，即便在黑漆漆的夜晚，
牧场也有昏睡的美色。

那是山中的野玫瑰正开得缤纷，
还是我心爱的姑娘在舞动她的纱巾？
那是格雷斯曼峡谷的野兔，
还是如白云一般轻柔的羊群？

太阳如火球般滚动，
将这高高厅堂的帷幕照得五彩纷呈。

太阳啊，你已然将牧女的这一日照亮，
光中之光，请你速速下降！
天色绚烂的傍晚，
让我们尽情沐浴在你迟暮的霞光！
我要快乐地放声歌唱，
就像所罗门王。

栅栏里

在静静的达尔河上，
圆木随着水流，静静流淌。
岸上遍布隆片森林，
绵延到阴云密布的远方，
灰暗得令人沮丧。
夜色苍茫，长河冰凉。

凝滞的蓝色烟雾萦绕在山冈，
漂浮在山肩上，
栅栏连成紧闭的围墙，
拱卫着这一座酣睡中的村庄。
马儿喷着响鼻，
要挣脱缰绳的捆绑。

村后有一座黑漆漆的小屋子，
流水冲刷着沟渠，
沉重的石磨仍在转动不已，
长镰刀在磨刀人手里变得锋利。

小河自远处传来桨声
和呜咽的短笛。

干草堆上，麦秸垛里，
男人们酣然睡去。
燕子也躲在房梁上的巢窠，
跟它们的雏燕挤在一起，
风儿不再吹动，
在街口和柳行中憩息。

只剩那座阁楼的窗口，
还有绰约的人影和欢快的笑声，
而在它的下面，
那位叫马夫拉格兹·乌勒的贵族
正来来回回走个不停，
像懊恼的火苗在桃树下蹿腾。

花环为我编织

啊，绝美的爱人，我的荒原，
你以常春藤与石楠为我编织花环。
遍地的花朵迟迟绽放，
传递你如火一般的爱情感念。
我是你最后一个情郎，
在你荒凉空旷的厅堂里深情歌唱，
当秋日坠入白山，
大风如野兽的嚎叫般响亮。

金银铺撒在你的地板上，
绯红的珠玉堆满了你的卧床，
你汩汩喷涌的泉眼，
带来清澈的溪水在田野四处流淌。
你松林的乐队正在出演，
将那和谐的喧响传递至远方。
为这巨大的盛宴，
我们应该快活地彼此互相祝愿。

夏日离去的眼神渐已迷离，
天空也开始闭目休息，
当你淹没在那夜晚的惊涛巨浪，
带着微笑沉沉睡去。
爱情的呢喃在黑夜里传来声响，
如春夜巡游的神明一样，
唉，芳华将歇，夏日已去，
可是爱人啊，你的情意将永远如火滚烫。

一个流浪者

这一只鸟飞来飞去，
从西飞到东，从东飞到西。
它的黑衣如神甫，
它的眼睛闪着寒光如狼子。
它飞行在黑暗里，
在无雪的冬夜，在秋天的月黑风高时。

它那呕哑啁哳的鸣叫
没有什么可以模拟得惟妙惟肖，
猫头鹰的哀号如同诡笑，
在黑漆漆的夜里，
那声音简直让人心里发毛。

幽会归来的年轻男子
徘徊在树林里，
背负着沉重的可怕心事，
他的腰身弯曲如耕犁。
他喝道："嗐，你这猫眼的畜生，

黑夜的妖精，快快住声！"
那猫头鹰扑打羽翼，
两眼如炭火飞入丛林中。

然而，那声音再度响起，
又或是另一个声音在他心里响起：
"噫嘻，噫嘻，
信不信由你！
我是你年少时所生的儿子，
你的药虽然奇毒无比，
却不能置我于死地！
父亲啊，我要送你到坟墓里去！"

运送石头的矿工，
在黑夜里听见有人在哀鸣。
在矿山的溪水边，
唱着那颤抖的悔罪的歌曲。
这世界何处有安宁？
累累白骨中，
那被打死的人在等待着复生。
这凄厉无比的尖叫，

这来自痛苦心灵的呼号！
即便末日来到，
一切的祈祷也不过是徒劳。

去年的那一场婚礼，
快活的小提琴声突然间停止，
舞会也随之安静，
一个凄惨的哭声在外面响起。
有人开了句玩笑，
"是谁把孩子丢在外面哭号？"
新娘听了一下子晕倒，
从此便失心疯掉。

那一位暴戾的农夫睡在屋里。
他杀死了自己的妻子，
因此，他的身体与灵魂，
整日不得安息。
他看见，两团炭火
正在院子前的苹果树上燃烧！
太阳升起的清早，
他挂在树枝上，随风轻摇。

这一只鸟飞来飞去，

从西飞到东，从东飞到西。

它的黑衣如神甫，

它的眼睛闪着寒光如狼子。

它飞行在黑暗里，

在无雪的冬夜，在秋天的月黑风高时。

诱人的玫瑰

（一首讽刺韵诗，关于汤姆与安娜的爱情）

我从来不曾将你忘掉，

头戴纸帽，衬衣染得花里胡哨，

如一只五彩的小鸟，

在我的房梁上鸣叫。

我还不曾忘掉

你的歌声那般美好，

在清凉的夏夜里附和着鸟群，

比夜莺惟妙惟肖。

哦，出色的匠师，

日里我已将你的杰作一一见识，

蓝幽幽的衣柜，

还有棕褐色的橱子。

在盥洗室里，你将外衣脱去，

吹着口哨面带笑意，

教那张床不由得暗暗生疑。

果然，你离我而去。

夜晚，我精心装扮，
像是等待去参加一场欢宴。
我的王啊，快一些来到我身边，
风中传来温柔的哀叹，
从门缝中，在窗口前；
对着我乞求：
"请放我进去，
别让我站在大雪和寒风里面。"

你要是一朵诱人的玫瑰，
就不必这样卑微；
既然你认得我的房门，
打开那锁头一点力气都不费。
不过，你要是黑夜的精魅
或粗鄙的野汉子，
那我就要后退，
让你碰一鼻子灰。

远方的人儿啊，请你，
将这朵诱人的玫瑰快快为我描绘！
女郎们正在争风吃醋，

你的庭院里已经是万般红翠。
唉，若你再不赶来，
这一棵群芳之主就要枯萎，
再也得不到阳光和雨水，
那才真叫可悲。

画吧，画吧，画出我的玫瑰，
用最深重的黑色描绘伤悲，
画出我的黑色的徘徊，
在死前流光最后一滴眼泪。
画出银色的小小的星星，
像你的脸色一样苍灰。
啊，你若不为我画出这朵玫瑰，
我便不能在九泉下入睡。

五月的夜曲

听啊，那是什么——你可听见它在唱歌？
溪水从山谷中"叮咚"流过：
　"暮春的时光就要过完，
　让我们赶快庆祝这一个五月之夜！"

　"为你献上那凝结着露水的紫罗兰花环，
　用面纱遮起你新娘的娇颜，
　让你的芳香在五月之夜里尽情荡漾，
　因为暮春的时光就要过完！"

　"我听说春天将要就此退场，
　我的心儿为此惊慌。
　我要向你献上我全部的青春的钟情，
　只是这一次便已耗光。"

　"假如我得到爱情，那属于少女的爱情，
　生活便会开放出万紫千红，
　啊，情人，快给我一个五月之夜的爱吻，
　等到天明便会一切落空！"

梦见幸福

我的伴侣，我要高声地为你而歌，
在我孤独清贫的生活，
在漫长的黑夜，
你是我唯一的财富和荣耀。
我要画下你，
在那睡梦之中
闪耀着可爱的光泽，
用一片美丽的松树林作为衬托。

你柔软的双唇含情脉脉，
带着新鲜的蔓越橘的颜色。
你的胸脯与肩膊
如最细腻的青苔，红白可爱。
你的一头金发的色泽，
仿佛采自桦树林之上的一轮秋月。
然而，你的微笑有些疲惫，
这样子我从未见过。

你的一生自由洒脱，
你的路上处处有弦乐笙歌，
只有那松风的情话和鸟儿的絮语，
才可以将你取悦。
那些宴席和酬和，
只不过是辛苦而空虚的泡沫，
你渴望安静的生活，
睡在干草中，四周盛开着花朵。

当你有一天，再也按捺不住期盼，
再也不愿意迟延，
便会踏上那早就已熟悉的道路，
从此一去不返。
我们在欢歌笑语中相见，
我的心儿为你狂喜，
我们将在爱情的渴念中熔成一团，
厮守着直至永远。

在我孤独清贫的生活，
在漫长的黑夜，
我要大声呼喊：请你做我的旅伴，

请你接受我的贫寒！
你的娇颜便是最无价的首饰，
我们栖宿在新婚的夜晚，
幸福是你的妆奁，
你收到的聘礼是永恒的圆满！

八月之夜

迷离的白雾在草地篱障边翻涌，
打草机唱个不停，
我们走过岸芷汀兰，
用一把锋利的镰刀割倒了今天。

月华如艳阳升起在森林之上，
湍流如提琴低沉轰响。
鸟儿惊飞过眼前，
如去往那明亮的凯纳村的舞伴。

夜萤提着流光溢彩的灯盏，
像去赴一场喜筵。
我们的秘密似乎被窥见，
一颗耀眼的流星滑落在天边。

秋以为期，如你所言。
届时我们的婚礼将照亮整个夜晚，
届时你的黑发将戴上常青藤花冠，
届时舞伴们将会挤满令尊的花园！

石楠花

美丽的石楠
开放在贫瘠的荒原上，
开放在我的童年！
我等待在
安详的梦境里面，
等待南风伴着你出现。

这小屋一座，
沉浸在松脂与麝香的
芬芳中间，
柔和的暖风
为它带来醇美的杯盏，
祝福这夏天，祝我们康健。

一个明媚的春日
和风潺湲，
她也随即在那高山上出现。
我千想万盼，

若她了解我的心愿，
会不会便因此爱上这荒原？

她舞姿蹁跹，
戴着娇艳的花冠，
我也编织出石楠的花环，
佩戴在额头上，
啊，在我童年的记忆的殿堂，
这情景永生难忘。

岸　边

一帮捕鱼人带着钓竿和渔网，
纷纷来到岸上，
青色的小螯虾游来游去
岩石河床里水草疯长。

只是这河岸太荒凉，
除了教堂的钟声和滚滚水浪，
漫长的白日，
再没有其他的声响。

黑色的燕子从巢中飞走，
寻找一天的口粮，
我的思绪彷徨游荡，
在近处和远方。

是什么引领我离开家乡，
来到这崎岖的高岗和水塘？
是什么在我心头冲撞，

让我疼痛异常？

河岸晴朗且又苍凉，
如我儿时的晚上，
没有月亮，饱嗅石楠的芬芳，
虽说它苍白且花期不长。

如今，我该走了，
借着往昔的爱情里所得的
自由的思想，
和一双强壮的翅膀。

此时，从河水中央
走来我那总角之宴的女郎，
她嬉笑又歌唱，
十五岁的顾盼令我心意摇荡。

我再也不能以歌笑向她投赠，
只有默默地颔首致敬。
这一个懵懂的少年，
无限的憧憬正在我心里蠢动。

在那遥远的地方

穿过冬日的荒原，
有一条小路向着远方曼延。
狂风吹散炭窑的浓烟，
大树冻得皮开肉绽。
一只肥硕的松鸡
从密林中间扑棱棱地飞起。
松树上瘢痕历历，
雪地上留着走兽的足迹。
月冷风寒的夜里，
我的心将我带至此地；
听着小河的絮语，
在那座安静的农庄前伫立。
在掌灯的那扇窗前，
一位老妇人正坐在炉火边
凝视着蓝色的火焰——
妈妈啊，我在将你思念！

明月皎皎

明月皎皎，
如我那情人的目光般高傲，
风儿萧萧，
将残红吹落树梢。

由栎树林中眺望
隐约可见到一座白色的小房。
灌丛掩着它的鱼塘
在风中多么安详，
简直冷漠如它女主人的心肠，
呼吸却有痛苦的模样。

青色窗帘的橘黄灯光里
一个倩影茕茕孑立。
玉洁冰清、冉冉孤身的处子，
美丽又高贵的神女，
任我火热或生气，
她只以微笑回报我的爱意。

也许，她正披散着秀发
掩面坐在华灯下，
听着黑夜凛冽的风声
心里又惊又怕。

"是哪个男子在林中乱跑，
将我的窗子轻敲？
哦，也许是大风吹起的沙砾，
既然门户已经锁好，
院子里也没有人到。"

春之桦树

春天的心情多么欢畅。
在暮秋和苍老到来之前，
让我们在乐声悠扬的牧场尽情徜徉，
在浓情蜜意的大好时光中嬉戏游荡，
树木戴上五旬节的花冠
如笑吟吟的新娘。

别再坐着，我的小伙子们！
别再整日待在闺房，我的姑娘们！
她们的眼神充满无限的情意，
我们的内心悸动不已。
狐狸、猫头鹰和蝙蝠们
在黑夜出没将它们的松果寻觅。

跟着我一起翻越那山谷和高地，
听风声在艾尔麦斯桦树林里"飒飒"吹起！
不用惊慌，我的爱人，我就在你身旁，
不要担心肃杀的秋日。

我想我不会遗忘，

春天里，你柔荑的花穗如发辫般明亮。

罗莎琳

这一个早晨，
风儿吹过酸橙和桉树林，
我情不自禁
想起了小罗莎琳。

我在花丛里跋涉，
她在后面紧紧跟着，
娇滴滴地问：
"你是不是累得很？
请在这里躺卧，
听我为你唱一支情歌！"
她声音低沉，
如秋风里的细雨阵阵，
我不禁唱起那歌儿，
怀念着小罗莎琳。

我的光阴点点滴滴流过，
我的朋友只有一个。

她没有灵魂，
她只是一个传说；
即使真有其人，
我也带不走这小罗莎琳！

琴师之歌

一

那沿着小径游历的年轻乐师便是我，
在松林间的蕨草上行走着。
我的小提琴以玫瑰的花茎制成，
动人的琴弦乃是由姑娘的金发捻作。

我游荡至一处芳草斜阳的河畔，
附近村庄的孩子正聚集在桦树下面：
这绿色的土地令我备感惬意，
一支快活的曲子飘荡自我的琴弦。

年轻的姑娘们面色绯红、美目流盼，
在温柔的晚风中直跳到娇喘连连。
那彻夜舞蹈的年轻乐师便是我，
那歌声一直回荡在芳草斜阳的河畔。

二

我在山脚的杉树下调整罢琴弦，
露珠在青草间显得光芒耀眼。
我要将这野地里三叶草的芳香，
收进歌声带去那灰扑扑的城市里面。

他们在灰暗的房子里过得凄凄惨惨，
从未领略过火热美妙的大自然。
为了带来盛夏的绿意、自由与快活，
我决心将最出色的曲子为他们奏演。

苍白的女人们听了便开始奚落，
"嗐，这土包子的庄户人之歌！"
我不理不睬地继续拉着心爱的琴弦，
愉快的歌声将广厦与寒舍淹没。

爱　侣

一个吉卜赛流浪汉正在休息，
侧身枕着他的背囊，
躺卧在丛林茂密的山脊，
透过桦树的荫翳，
阳光照射着他棕褐色的胸膛，
衬衫半盖在身上。

一位穿着裙装、
身材高挑的吉卜赛女郎
跟跄而上，
她欢喜地看着那年轻的男子，
用一根草刺，
撩拨着他的面庞。

他猛然一个起身，
像根羽毛一蹿老高，
又像是吃了警察的一记耳光，
马上疼得直叫！

随后，他们俩你看我瞧，
似乎都有些害臊。

如此的年纪谈情说爱刚刚好，
六月炎炎似火烧，
热辣辣的风景多美妙。
他们意合情投，
如山林中饥饿已久的野兽
着急将彼此搂抱。

这样的幽会只是第一次
他们便已经亲密得难以分离，
彼此立下山盟海誓，
一辈子祸福同当。
用不着婚礼喜筵的铺张，
也不用神父帮忙。

这天作地合的一双入了洞房。
擅长变戏法的女郎，
打开自己带来的一只只布囊，
取出鲱鱼和土豆美餐。

那新郎吃相如一个庄稼汉，
新娘却吃得很体面。

她的戏法还没有变完，
又黠笑着掏出了美酒一坛，
好戏果然在后面。
"坏冤家，这东西你可以尝尝！"
"好姑娘，你真知道我咋想！"
他们一起融化如蜜糖。

谈论着以后幸福的日子，
他们俩说好了不离不弃。
哪怕是去秋日集市上沿街乞讨，
或是啸聚山林做强盗，
都要同舟风雨，
就算有朝一日被双双带上镣铐。

他们将美酒收进口袋里，
沿着山脊胡乱走去，
一路留下笑语嘻嘻，情话呢喃。
在那松软芬芳的干草垛上，

那暖风和煦的林间草场，
他们将度过一生中最棒的时光。

弗里多林之歌

杜 鹃

我已经游吟了数个星期，
一个夏天的光阴那么容易逝去，
任何无家可归的杜鹃都会像我一样忧郁，
为虚度时光而脸红，
站在枝头上两手空空，
看着其他鸟儿的收获后悔莫及。

我已不似从前般有万千殊宠，
在从前闪亮的日子中，
处处都将我欢迎："多好听，杜鹃的歌声！"
如今，我要说，我的嗓子已经喑哑，
我的听众也已经各奔天涯，
连那灰色的麻雀姑娘都对我腔也不搭。

啊，我迷失在年幼时那绿色森林的童话，
我的穷途末日就要来啦，
从前油光的羽毛变得粗糙失色，
我得出去找吃找喝，并且搭一个窝。

怀着这些想法，
我在渴望和忧愁中继续生活。

哦，请千万记得，
不要相信一只老杜鹃，不管他说些什么！
因为他注定漂泊，
因为他的命运变化莫测。
他也许会潦倒失意，
但绝不会将任何教训吸取，
等到大地回春时，
他便一如往昔，过起跳舞唱曲的荒唐日子！

豪根在荒原

朔风从北方吹到这荒原，
大雪纷纷。
狭窄的小径上留着脚印一串，
最后的客人已光临舍间。
我编织起歌声
如宽大的渔网一般，
歌唱我的新娘独自越岭翻山。

我从将熄的炭灰中吹起火光
点燃了欢乐，
将身子烤得暖暖和和，
而在风雪的路上，
你刚刚翻越一座浅蓝色的山冈。
我贫贱又寒碜，
孤零零住在这荒原中央，
骄傲又狂热，
也许你正乘着雪橇，
赶来我所在的地方。

焚风从南方吹到这荒原，

拖曳着沉重的步履，

浩瀚广漠里，

开放着那仅存的枯蔫的石楠，

如年轻的火焰。

那是一位佃户人家的闺女，

她的灵魂多么孤单，

含着羞辱走入古实人①的屋檐。

我在一棵棕榈树下躲避骄阳，

你在棕林里乘凉，

我们既同样渴望爱人的庇护，

何不让我安息

在你黝黑贫瘠的胸脯旁？

我贫贱又寒碜，

孤零零住在这荒原中央，

但我的茅舍足够两个人起居，

云雀在天比翼，

却将爱巢筑在草地上。

飘风从东方吹到这荒原，

---

① 指埃塞俄比亚人。

自海上带来大雨滂沱，
将我的房子冲刷着，
将树篱下那稚嫩的蓟草折断，
剩下的根茎真可怜。
你张开胸腔呼吸秋天的清洌，
喉咙沁着雨点
如打开贝壳的牡蛎一般。

啊，我梦中荒原的女郎，
爱情如火燃烧在你的红唇上。
我们终于相逢，
花园中的舞会多么欢畅，
片片零落的罂粟花多么鲜红。
我贫贱又寒碜，
孤零零住在这荒原中央，
你的眼眸却如星光将我照亮，
我情愿在昏昏的黑暗中
整日为你歌唱。

惠风从西边吹到这荒原，
所过之处

一切草木迎来了春天。
大地一片翠绿，
山林女神正忙着将自己装扮，
她像精魅一般，
在残雪未消的小路上寻觅，
寻找那打猎的男子。

终于有一天
我与一位尘世间的仙女相见，
求她做我的侣伴，
却未能如愿以偿，
最后忍着悲伤离开了她身旁。
我贫贱又寒碜，
孤零零住在这荒原中央，
大风吹息经年，
从未有游春的姑娘
出现在这条路上。

忽布草^①

当我从它的藤上
摘下一条打着卷儿的成熟的忽布丝，
我不禁想起，
在童年的河畔的小树林里
我经常同女孩子以此打发时光。
我忍不住回想，
我曾在谷仓门前摘下纤长的忽布丝，
精心缠绕在手指上，
像金褐色的鬈发一样。

春天如日渐褪色的梦境，
直到我们幸福的田舍包围在秋意中！
虽不再有日丽风和，
忽布花却为我们酿出了琼浆玉液。
它由香甜变为苦涩，
热麦芽汁伴着歌声被加入这苦酒中，
我们高抬着泡沫四溢的啤酒桶，

---

①即啤酒花，又称蛇麻草。

宣告美酒已经酿成。

寒冬如饿狼将夏日吃掉，
它一口吞下这带给我们欢乐的宝藏。
我们将幸福灌进酒瓶藏好，
耐心地等着饥荒来到。
当我们的床榻上不再有金发的姑娘，
再也嗅不到她们的芳香，
我们就靠着忽布草絮的枕头睡一觉，
像冬眠的狗熊那样。

风雨之夕

夜晚以阴云遮住山冈，
如林中的鸷鸟覆在斑驳的卵上。
暴风雨在屋脊降落，
轰鸣而过，
家畜被吓得东躲西藏。

肥壮的公牛惊恐地摇晃着脖颈儿，
连连发出低沉的哞叫，
母羊和羊羔吓得心惊肉跳，
伴着"咔咔"的断裂声
冷杉的枝子掉落个不停。

如夜里的噩梦一场
把可怜的荒原的孩子吓得够呛！
一只红眼睛的恶狼
游荡在农庄的四周和田野，
就像传说中的恶魔。

村舍如小舟漂在愤怒的林海中，
主人彻夜不敢合上眼睛。
他的灵魂像被大风摧折的树木，
如羔羊一般觳觫，
孤独地忍受着回忆之痛。

猎鹿歌

每一夜我都能在那块燕麦地里看见他，
从农舍里看见他向四处凝视，
他雄美肥壮，苦恼的汗水却涔涔流下，
我在白日里根本见不到他。

远近的一切在轻柔的月光里已经睡下，
贪欲之火却在我心里熊熊燃起。
我埋伏在青草掩盖的沟渠，
在广大的岑寂中耐心地等待着他。

此时他从这秋日的宫殿里蓦然闪现，
在一片云杉和血红的杨树之间，
他高昂的气度有如一位王者，
头上戴着一顶嫩叶编成的冠冕。

在朦胧的月华里面，
他静静地漫游在田亩之间，
像是来自洪荒时代的巨大的丛林魔兽，

奇妙得如梦境一般。

站立在茫茫的原野上，
他根本不像是一头四足的动物。
他是大自然女王所产下的骄傲的儿郎
在荒原的王国里生长。

我这捕猎者的血液停止了流淌，
我忍不住要向他投降。
我不想在这个月色迷人的夜里
把子弹射进它那白月亮一般的胸膛。

对这样的宝贝我绝对不能使用诡计，
我拨开草丛悄然离去。
明晚我会回到这里，
用老法子与你这体面的绅士一决高低。

我们要来一场公平的比试，
你大可以仗着出色的脚力先行逃去，
但如果让我在乱石中赶上你，
我打赌你那洁白的月亮将跌落在地。

我瞄准你结实的肩膀开枪，
只见你打着冷战跌倒在麦秸上，
那一声枪响还在丛林间和沼泽上回荡，
我吹起号角喜气洋洋。

你的犄角是那般漂亮，
那雄伟的王冠丝毫没有一点损伤。
我足踏青草上的露水，
带着今夜的第一只猎物凯旋。

大路上的风儿

大风在嚎叫。
我独自坐在在高高的厅堂上
回想起童年，
那快活的日子和苦恼的时光。
墙上挂着我曾祖父的照片，
他有鹰一样的眼睛；
是个出色的酒商，
爱说爱笑好酒量。

是谁从我窗下
那湿淋淋的砾石大路上经过？
明眸黑发，
旧围巾遮着可爱的脸颊！
我可怜的玫瑰花
在尘世的风雨中飘零而下，
莫要急着告别，
请来我炉火边歇歇呀！

不必窘迫地遮掩
你衣襟上的泪水涟涟！
你纤纤的脚步，
曾悲哀地走过万水千山。
你是谁与我无干，
谁给予你生命，你生在何处，
你的从前，我统统不管，
我只将你的来日挂念。

孩提的往事令我想起一个人
被大路上的风儿带走。
她的父家十分清贫，
她却如山乡的夜灯明媚动人；
没有人能将她挽留，
从此杳无音讯。
这到底是谁的错误，
也许我应该将自己责问。

请你留在这里！
我有自家的果子和甘美的饮食，
按着我的心意

你可以跟仆人们大喝大吃。
我的亚麻高大茂密，
还有很多羊毛正待纺织；
我要为你裁一件华衣，
务必请不要客气。

我的心忍不住慌张，
没有爱情的生活多么凄凉。
这里有很多仆从，
你不难从中选一个情郎。
当你做出了选择，
在婚礼上
请走进高高的厅堂，对我说：
"如今，我幸福了！"

林中的约瑟

我在榛树中穿梭
从瓦克特拉姆的草地上走过，
黑桤树在柳树丛里开出鲜艳的花朵。
我是一个孤独的小丑，
我在沙砾上奔走。
我的床榻是麦草垛，我的稀粥正在炉子上煮着。

我听到一声吆喝，
伴着一头公牛的呼喊，
那声音从弗洛伊德山向四下里传播。
在林中的庄园
靠着小河，
我知道是谁在照料着她父家的牲畜和产业。

我和自己的老牛并排走着，
美好的夏日
在瓦克特拉姆的丛林中转瞬即过。
啊，靠近我，

弗洛伊德山的少女，
请你来我的膝上坐一坐。

两个声音

为一切困顿和软弱的心灵，
请将随便一件弦乐器交在我手中！
我的指尖将脱去僵硬，
轻柔地安抚那些为噩梦所惊吓而苍白失色的面容！
暮色的城堡栖着白鸽，
月出的山谷开满了百合，
那年轻温柔的贵族耐克特加尔，你亲爱的，
在酸橙树下不住地叹哦。

爽朗快活的笑声在飘荡，
请给我一支歌儿好让我为这些满面笑容的人们而唱！
请给我一对脚掌可以舞个不停，
请给我一双手臂延揽着我心爱的苗条的姑娘！
啊，褐色的百灵鸟飞出巢窠！
清洁的土地，从枝头和球茎上开出缤纷的花朵。
笛声交织着林中的春歌；
我是快活的琴师约克。

露西娅

这寒风刺骨的一夜
把人们都冻得哆哆嗦嗦。
地板"嘎吱"作响，
有人从阁楼上走过。
年轻的农庄姑娘
白色的纱衣披在她身上，
头顶着烛火，
她为我这睡眼惺忪的旅客
递上早点餐碟。

这长夜苦寒的冬日
又迎来了一年一度的佳节！
烛光在她头上摇曳，
露西娅轻轻地飘过高地，
走得端庄含蓄。
农庄的大门洞开着，
快活的女主人喝着热姜汁，
吩咐懒汉驾夫套车，

她年轻的女儿已等得心急。

入冬没有几天，
空中便飘起洁白的雪花，
令人脚下打滑。
一棵棵松树笔直挺拔
站在冰封的高山，
如明亮的银柱一般。
明月皎皎如节日的灯盏，
星空仿佛烟花，
照亮农人们的房子和畜栏。

雪橇已准备妥善，
座子上铺着鹿皮和毛毯，
只消将缰绳一拉，
那匹黑白相间的小马
便从树篱边出发。
我们撒着欢
飞驰过沉睡的林间小屋前。
铃儿"叮当"响在耳畔，
圣诞节伴着晨曦降临人间。

收获的弗里多林

弗里多林喝得酣畅淋漓，
吃罢麦地边的果子，又喝光了野莓汁，
伴着一支乐声悠扬的华尔兹
他翩翩起舞，情难自已。
外套下襟搭在手臂上
弗里多林跳遍了每一位姑娘，
一直跳到她们像蔫软的罂粟花朵一样
娇喘着，羞答答地靠在他胸膛。

弗里多林跳个不停，
一些前尘旧事萦绕在他脑海中。
那土气的小提琴声
曾经慰藉着他先父列祖的心灵。
如今，你们已在地下长眠，
僵硬的手指再不能将琴弦拨弹。
尽管有过欢乐与患难，
你们的时日却如呜咽的俚曲已经唱完。

而今，在这里跳舞的
是你们强壮文雅的子孙弗里多林！
他讲起粗话来像个山民，
却精通学究们所使用的拉丁文。
在那片新开垦的土地上，
谷物熟得一片金黄。
他将长柄大镰刀挥得"呼呼"响，
割起麦子从不累得慌。

看到粮食满仓，
他会快活得像你们一样。
又或是映着一轮秋月的橘色光芒，
抱起他心爱的姑娘
细细打量，
像这个家族里的任何一个男丁一样。

你的微笑

皓齿红唇，
你的微笑如此光彩照人，
你明亮的双眼，
如人们未曾看见过的火焰。
向那桑梓故园
你将灵巧的双臂欠伸
舞姿翩翩。

这么多年
你虚弱的身体已趋康健，
你光亮的金发
是如此顺脱光滑。
莫要将过去在心里牵挂！
春天的草原
处处开满了鲜花。

幸福的光景匆匆忙忙，
虚弱的诗人感慨断肠，

他们言之凿凿，

我们付之一笑。

未来的时光，

我们要冲破生活的捆绑

振起翅膀扶摇直上。

红色歌会上的礼赞

告别森林里那湿漉漉的眠床，
你从缤纷的世界走来，
照上油油的牧场，
园中的果子映耀着你的光芒。

你踩着露水来赴约期，
一切花草因你而充满了生机。
你的力量充盈在女人的胸脯
和翻滚的海洋里。

你唤起渴望的波浪
将每个人的灵魂带去远方，
你让无数歌行
激荡在人们或爱或默的心上。

耕耘者盼望见到你，
暮色中的劳作因你才有收获：
你以红色的风暴作为言语，

你的虚弱将雨水带给大地。

黑夜传达你的行止：
"将筵席备好，他马上来到！"
我宣扬着你的伟力，
我是你忠诚的祭司。

我如身在曩古的远方，
在那先祖之地与神话的洪荒，
人们在月下祝祷
向那神妙的眷念的力量。

你赐下婆娑的丛林与活水的泉眼，
给他们奔走的力气和芬芳的荒原，
你对这大地立下誓言：
秋天，你们将谷物满仓、果实满园！

我的教女

一

我的小囡囡像鸟儿一般
都已经八点了还睡在梦里面，
她看不见阳光照在床前
这是个多么明媚的好天？

她也听不见公鸡已经报晓，
大山雀在窗前"喳喳"叫，
花楸树的红幕里鸟儿在嬉闹；
我的小安娜还在睡觉。

她的兄姊正在对着稀粥谢餐，
严厉的母亲将食物分发，
小安娜依然睡得香甜，
大家会留出她的那一份早饭。

我站在醋栗树篱边，
看着那一块飘动的窗帘，

你就穿着花边衬衣睡在后面，
洁白可爱的小安娜，早安！

如窗前的大山雀被阳光照耀，
如花楸树上的鸟儿一般轻巧，
我的小安娜睡醒了，
穿着衬衣在屋子里蹦蹦跳跳。

二

她在水畔嬉戏，在山谷歌唱，
带着浓郁的花香飘进厅堂。
十八岁的新娘今已梳妆停当，
兄弟姐妹正围在床榻旁。
约翰和保罗已为你看过婚装：
有漂亮的花边和刺玫的图案。
哦，善良的小安娜睡在梦乡，
你的身体已不再病恹恹。

珠罗纱掩住洁白秀丽的面容，
茉莉花黄映现在她的棕发中。

我们拉着她的手去晚祷，
湖水上的落日多么宁静。
那株玫瑰已经枯萎凋零，
那只红雀也已死去不再啼鸣，
它们被放置在安娜的婚装下，
她们活着时曾如影随形。

土地精灵

昏黄的路灯将城市照亮，
团团灯影洒在冷清清的街上
如切开的酸黄瓜片，
这五月的夜晚，
树梢上挂着复活节的月亮，
它带着巡行模样
投下无数纤细的金色丝线，
若有人走在屋舍外面
定会觉察此时空气的清凉。

"嗨，闺阁深深的少女，
趁人们酣睡时，
请你与我定下永好的盟誓。
当大家一觉醒来，
我们已暗暗结为夫妻。
我在一个黑夜
走失在平原的迷雾里，
土地精灵以热气腾腾的美酒

灌得我烂醉如泥。"

"快来痛饮大地的琼浆，
它由月光洒下的露珠所酝酿，
它所沁透的气味，
乃是夜晚俯伏在泥地上
从蒜头和红花中采集的芬芳。
因人世的道路漫长，
大地才赠以我们这佳酿，
它滋生于空气和土地，
调入黑夜与月光，
无数草药才熬出那醇香的蒸气。
快将它一饮而光，
让它迸散入你的心房。"

月亮将银光灿灿的船帆张起，
伴着一阵疾风
从夜空的港湾渐渐驶离。
用不了多时
那风儿便已远去，
像老树林的一声太息，

徒剩下郁金香和猫爪花的香气
苦恼着深闺中的少女。

单身汉

我是吹笛子的单身汉，
吸着酸橙木的烟斗心足意满，
我自己酿成美酒，
啜饮着亲手捏制的陶罐。
日子一天天流转，
我的时间走得如此缓慢，
我觉得，在很早之前
我的青春便已经用完。

少女从窗口向我走近，
她们腰身间闪烁着黄昏时分的星辰
在云杉和茉莉中媚眼频频：
"同我们亲热吧，弗里多林！"
我觉得像是回到了青春，
然而，我欲望的翅膀已无力欠伸，
我已经将要唱的歌儿遗忘，
我弄丢了自己的琴。

那漫长的情欲的夜晚，
呼哨和嬉笑响彻林间，
我却像一个累了的猎人那样在睡眠，
睡得像夏日的蜜蜂、
山上的青草一般安然——
弗里多林啊老单身汉，
你在爱妻活着的时候不得安闲，
如今正可以睡得酣！

弗里多林的乐园

缩　影

我就是那麻木愚钝的大地，
虽然还很年轻却觉得已经老去。
我灵魂的树已到枯黄的秋天，
枝干摇响如告别的呐喊。

我就是那寒冷的冰凉的水，
僵硬得像一串凝冻住的眼泪。
当珍馐与佳酿摆上冬日的餐桌，
我的欢愉再度热烈。

我就是那晴朗又温暖的空气，
漫步在亘古常新的春天里。
我在漫长的岁月中被人们遗忘，
却随物候带来嫩绿的景象。

我就是那干渴又炎热的火焰，
酷暑的烈日将我一直烧个没完。
我希望它不要将
我和我的一切全都烧光。

乐园歌

一支军队走在前面，
笛声哀怨鼓声凄惨，
莫非我也在阳光里
走在一班老壮中间？
赞歌在葬礼上唱起，
信念爱情俱已死去；
随军神甫低垂秃头
口中不再称扬上帝：
"为诗之王国执殳三十年，
无以为餐，就义今在眼前——
神迹正从虚弱的世界隐匿，
愿这资产者的新国度平安！"

老兵后备队的征召令末一次下达，
他们从绝望的王国里怒吼着出发，
我本该同去领略塞上的风云变幻，
却在半途中逃到了另外一个地点。
那里各有一座厅堂、城堡和乐园，

它们珍藏在我青年时代的象牙塔。
到那里只消在行军路上拐一个弯，
我打算要在那个地方长久地住下。
我想，我还可以带着伤继续作战，
还没有被那些对手打得手折足断，
我将仍然狂热、纯真、坚韧不拔，
我的歌声和梦想将仍然美妙无瑕！

喂，兄弟，你这落伍的逃兵
像我一样散漫地跟在队伍中，
尽管战旗上已经翻卷着秋风，
你却在将那春天的歌儿轻哼。
请坐在我落满枫叶的椅子上，
与你的袍泽豪根一同来吟唱。
哪怕我们的声调像乌鸦一样，
这春歌也会在风中余音绕梁。
一位姑娘炎炎正午来到这里，
在凉风习习的丛林边上休息，
我们要斜倚着向她微笑致意，
就像从前那吊儿郎当的样子。

默默的情歌

早春的寒意尚未退去，
大地仍是万籁俱寂，
然而，那空气里
已散布着温柔的情歌的气息。
太阳如春光中高傲的白鹅
飞过苍穹振翅而歌，
月亮像一只杜鹃
对着一双星星痴痴将梦话诉说。

我们邂逅在这时节，
你的胸脯起伏如一支美妙的歌。
美目虽诉说着热恋，
玫瑰的朱唇却默默无言。
你的灵魂在放歌，
如汪洋将陆地淹没，
春情涌动在年轻的处子心间，
你像嫩绿的树叶一片。

梦中神秘的欢宴上，
我们坐在同一张桌子跟前
沉默却同时互诉衷肠，
心有灵犀却相对无言。
我应该将一支玫瑰为你献上，
我对爱情的泉水充满渴望，
栎树的哗响如小提琴一般，
那是你腼腆又真诚的答案。

我们告别复又相遇，
直到再无相见的缘分，
我们从此离去，
得到最宝贵之物却漫不经心。
那是青春之日
我们的灵魂所写下的情歌爱曲，
如今我们欲唱却已经失声，
再无从前的温存。

犹太人的城

生在犹太城多么美好！
我们身穿绣着箴言的衣袍，
手拿漂亮的长钱包。
我们拆掉矮小的祖居用杉木重造，
我们享用着沙巴的香料、
塞浦路斯的葡萄。
时光飞逝而过，
我们像那温驯、肥胖的和平鸽，
从所居之地"咕咕"地鸣叫。

我渴望一双有力的翅膀，
从甜蜜的耶路撒冷飞上天空，
回到那鹰巢旁！
我们尽享一切精美芳香，
我的亲人却在凯达村忍受饥荒，
风沙催促我回到家乡！
我只能在暴风雨之夜将眼睛合上，
否则喷射着硫黄火焰的狂龙

将会令我大大遭殃。

我要起来重建这家园，
愿那甜酒从我的唇齿间喷涌而出，
如鹿所渴慕的溪水一般。
我愿迎着薄暮的霜霰
尝试那伟大的冒险，
将狮子的沙漠和豹子的高山踏遍。
起来吧爱人，像红色的牝鹿一般！
一个雄伟的新国度就在眼前，
伯利恒之星已在河口出现。

我们踏着滚烫的土地大步前行，
寻找可庇护的山洞，
我们远远飞去，不知所踪。
黑发的施洗者睁着威怒的眼睛
站在远方的泉水边，
公义和惩罚握在这位先知手中。
他的话语芳香如野蜜，
他的洗礼，他冷峻的言行，
令一切不育的枝子从土地上凋零。

深秋阳春

草地生长着鲜红的石楠，
洁白的百合开满了河岸。
这深秋的时日多么阴森，
却迎来百花齐放的阳春。
如今已不再有歌舞狂欢，
夏日的女郎也不再出现，
一队身穿黑大衣的人群，
随着军号在山路上前进。

一切降生在春之爱情里，
漂亮的子嗣都已经死去，
像嫣红娇嫩的玫瑰花瓣
凋谢于首个严霜的夜晚。
然而热情仍在燃烧不息，
在冰封的大地和北风里，
山花和橡树在情话绵绵，
苦苦等待着金色的秋天。

我愉快的歌声多么陶然，
飞入芳草和绚烂的花丛，
在蜜汁充足的花蕊之间
幸福地穿梭着忙个不停。
我要将那蜜汁尽情饱餐，
但绝不是为口腹的贪婪，
乃是要借助纤细的花茎
将躲避严寒的华屋建成。

任凭往事在记忆中凋零，
你依然忠诚地在我身旁，
就算在阳光冷淡的隆冬，
我们的爱情将仍然滚烫！
呼号的狂风响彻在天穹，
那是对忠贞之爱的赞颂，
天崩地裂我们也不慌张，
因这华屋有坚固的柱梁。

致约娅

北风啊，我的弟兄，带去我的爱情
送给约娅，我亲爱的女郎。
太阳从未如此火红
自洁白的雪床升起在她的门楣上。
风雪的面纱将她掩映，
你从未见过那女郎像今天这样娉婷，
约娅对我们讲：
"请尽情歌舞，将美酒畅享。"

太阳从冷冰冰的鱼湖上升起，
又匆匆坠落在西方。
活泼健康的青年男女，
无不希望与心爱之人共度时光。
酽酽醉人的南风从酸橙树林上吹起
吹来有毒的空气；
北风啊，请快吹入我们婚礼的殿堂，
送来祝福和健康！

我从远方北风的故乡来到这丛林
寻找我的心上人，
如果你看见我在云杉下一个人游荡，
请趁此良宵来到我身旁！
与爱人共度的一夜多么销魂，
我的约娅很是开心。
哦，外头传来脚步的轻响，
那是彼得·卡特"咔咔"地走在残雪上。

我们要相恋着将爱巢建造，
欢乐和温暖同样重要，
若约娅还没找到合适的树木作屋梁，
请你不要吹倒那朽坏的小房。
大斋节即将来到；
若解冻的土地愿意张开肥沃的怀抱，
奉你和圣徒之名
我要在忏悔的星期二耕地播种。

梦幻里的妹妹

清风从琴弦上拂过，
弹着一曲缠绵的田园牧歌
神圣的梅伦克丽卡，
你愿意去绿茵上走走吗？
这滚烫的大地，
林间连露水都没有一滴，
甲虫和飞蝇的"嗡嗡"声有气无力。

你和另外的一些姑娘结伴
走在阳光里面，
你的眼睛忽闪着光明
像夏夜的星星，
日光之河如热血奔涌，
却不知
我的女神为何如此不为所动。

那琴弦已调试完毕，
年轻羞涩的桑桂尼卡即将入席。

骄傲的乔勒丽卡雀跃着赶来，
一脸高兴的神采。
白胖的弗莱玛蒂卡太太也已经来到，
老眼昏花，拖着慢吞吞的腿脚。
然而，你一个人逃掉。

我的妹妹，梅伦克利卡，
你逃到月光下，
任它在你身上嬉戏，
任它照着你像抟制一件苍白的陶器。
直到你变成一只精巧的酒盅
装着美酒般的梦，
像那晚风中的曼陀铃。

傻瓜弗里多林

像离开水的鳊鱼和跳不动的鳟鱼,
像冬天不曾被大风吹去,
你红着脸站在那里,
眼神一如往昔地充满忧郁。
唉,老弗里多林,
难道那感情的幻灭与理想的沉沦
已经调成一杯茵陈酒
将你的心儿灌得醉醺醺?

你可曾留心过你的妻子是否欢乐?
她的双手是否还有光泽?
若还有一个花苞可以挥霍,
你送给姑娘们仍然不会被奚落。
唉,老弗里多林,
林中的美酒唤起你什么样的悲吟?
旁人叹息的声音
在你听来是何等的惊心?

你仍旧穿着那光鲜的及膝长外套，
仍旧戴着整洁的高礼帽，
依然用发胶将头发梳好，
你的领带依然是那样花里胡哨。
唉，老弗里多林，
你跟着那一群年轻的傻女人，
将自己搞得香喷喷，
她们还很愿意跟你一起厮混！

还是回去吧，老弗里多林，
弹弹你墙上干羊腿一般的小提琴，
唱唱虚度的时光，
用一杯烧酒浇灌我们的愁肠。
为安抚这破旧的琴儿的心头之伤，
再来点双倍浓烈的酒浆。
你的晚歌多么阴沉，
唉，老弗里多林！

皇苑的松林

啊，你这苍老的皇苑的松林
杂生着几多酸橙树和橡树！
你为往昔的欢乐歌吟，
唱着那一班快活的华裔贵族。

在这歌声中将美酒痛饮，
迎面走来了一支围猎的队伍。
那是黑黢黢的外邦人
正踏过这一片皇苑的泥土。

这些人留着八字胡，
德语和丹麦语讲得一塌糊涂。
果实累累的樱桃树荫
飘散着西班牙美酒的芳醇。

身穿殷紫色的绣裙，
那一位小巧的佳丽乃是谁人？
汪达尔人晦暗的国度

失去了它太阳一般的主君。

啊，皇苑的松林，
请你沿着她常年走过的小路
把最好的歌儿轻吟，
她的华年将赠你娇艳的三春。

她在芳草繁花中信步走去，
带着不胜娇羞的神情。
男儿啊，请为她将裙裾抬起，
灌丛的露水实在太重。

层层警戒的卫士
看守着这皇苑的每一条路径，
勇猛矫健的男子
将号角吹得"呜呜"作声。

这威武之师仿佛铜墙铁壁，
严阵以待如临大敌，
听从这位金枝玉叶的命令，
他们紧握刀剑的手旋即放松。

那上了年纪的恶狼悄然无声
爬出黑漆漆的洞穴，
它假装像羔羊一样眯起眼睛，
趁着夜幕逃出了牢笼。

那一位膘满体肥的皇帝
早已经过了纵情声色的年纪。
他将她看在眼中，
荒淫之心不禁意荡神驰。

踏着先王高贵的足迹，
那英俊倜傥的王子走上前去。
人们对他毕恭毕敬，
俯首侧目，轻声慢语。

在橡树和松林间的苇丛，
芳甸馥郁、锦鳞踊跃的清池，
他与公主海誓山盟，
结下这一段皇家的爱情。

一个世纪接替前一个世纪，

直到新的世纪也成了过去！
不管时光多么匆匆，
这皇苑的松林始终岿然不动。

哦，今日请你为我放开歌声，
唱一唱这青春的爱情，
我徘徊在这酸橙树和松林里，
沿皇家的爱情小径走去。

我只是个四处漂泊的俗家子，
我要向这故事学习，
我要将我快活的一生
交付在狂风和巨浪的手里。

我将这松林的絮语聆听，
它苍老和蔼的语气令我欢喜，
我的船儿将载满美酒与歌声，
向那未知的灯塔再度启程。

你皇苑的松林，请放声歌唱！
我伴着鱼群向新的大陆远航。

从荒芜潮湿的甲板
请升上来吧，我的太阳。

请像舞蹈那样踮着你的足尖，
请将你夏日的裙摆提在手上。
那狭窄的小路两边
露珠长年在酸橙树上滴淌。

在这皇苑的松林的中间，
我们约会在泉水旁，
你若将一吻送至我的唇髭边，
我便把整个国家为你送上。

这松林的身份已被人们遗忘，
看护的巨龙进入了梦乡。
我在这里漫步，没有人能阻拦，
我既是国王，又是饿狼。

既然你生如那金枝玉叶一般，
也定会有一顶王冠；
而我便是君王，
傻瓜们正是这样将我们调侃。

144

春 芽

快快走出你的深宫，奥隆达尔先生！
外面晴空一片，你的土地上已经草木葱茏。
湿地上的款冬开得多么娇艳，
杜鹃已发出它的啼鸣。
宽叶柳也已经睡醒，它裸露的躯干
如今已披上金黄的华衣一件。
来吧，哦，来享受这虚弱的大地的春天。

快快走出你的深宫，奥隆达尔先生！
酸橙树左面的枝子发出了芽苞，
野地里长起嫩绿的荨麻草：
感谢你，仁慈的上帝，你让生活这般美好。
榛树在林中簌簌作声，
天鹅在晚风中高鸣。

奥隆达尔先生，春舍外已是明媚的光景，
金盏花在草地上开得一片光明。
可曾记得，你走在那农家旁边的小路上，

像幼鹿一样心跳怦怦？
还有那在春光中拍打着翅膀
或是金发碧眼像婉转鸣叫的云雀一样，
或是黑中带俏如沉默的乌鸦的那一群女郎。

奥隆达尔先生，你仍苦守在你的深宫。
你的椅子虽不坏，你的美酒虽可爱，
然而当春天的火车日夜隆隆地驶过你门外，
你最好还是快一点醒来。
因为只有那悲愁哀苦的深秋或是隆冬
才会令人困坐在屋宇中。

唉，奥隆达尔先生，你的墙脚已刮起秋风。
当往事频频进入你的梦境，
你那血气方刚的儿子
却已经循着你曾走过的春天之路而去，
你衰老在这黯淡的深宫之中，
像一棵历尽风雨、日久朽坏的酸橙，
你的儿子却充满生机像这老树的一根新枝。

橡树林里的歌儿

橡树的叶子纷纷凋零，
我将削成一支钓竿握在手中；
河里的鲈鱼味道正是美妙，
我奋力甩钩将它垂钓。

这钓竿取材自橡树的枝梢，
它在我手中轻摇，
陆上、水里无处不在的爱情，
人类与万物无不沉浸其中。

伴着阵阵微风，
枝头的果子在轻轻地抖动，
鲷鱼在海湾里游荡，
撒下去就能捞起满满的一网。

当林中的橡树变得黯淡无光，
野莓披上薄纱般的衣装，
当燕儿在唏嘘，杜鹃在叹息，

我穿起美丽的亚麻布衣。

在这野莓的花儿盛开之时，
姑娘们满怀柔情蜜意，
她们向来急躁又狭窄的心胸，
如今只剩下温柔与宽容。

她们忙碌了一年整，
在这个时节才有了一点点空，
她们将自己精心梳妆，
渴望着一位温存的情郎。

我要尽情地跳舞又歌唱，
送别那短暂的时光，
像鲷鱼快活地游逛在那水中，
来吧，我亲爱的姑娘。

南风吹来迷人的芳香，
河面反射着夏日的骄阳。
欢乐去得匆匆，
野莓染上冷霜，橡树披起银装。

当那天边闪烁着瑟瑟的寒星，
彻夜呼啸着凛冽的北风，
我们这一带等待着出阁的姑娘
便做起那赶制婚装的女红。

波兰女子

我们呆呆地坐着
难道一切甜言蜜语已经讲完?
这欢乐的宴席间
难道所有微笑的嘴唇都已被吻遍?
这高大的厅堂里
难道每位窈窕的姑娘都已经出嫁?
不再有心儿燃烧
难道我们的山乡不再有婚礼?

我要纺好成团的纱线,
我要将黄油熬炼,将羊毛梳剪。
没有人吻过我的嘴唇,
这情况今年也不会改变。
我要将草莓采摘,将渔网编织,
我要趁着年轻劳动度日。
除非等我老了而你还年轻,
否则我不会嫁给你。

我所得的产业是希望

我所得的产业是希望，
它像一座宫殿建造在记忆之谷上。
一支并不美妙的弦歌
在它的厅堂里回荡。

告诉我，在那黑漆漆的角落里面，
你为何每日每夜都在抱怨，
白日唱得我昏昏欲睡，
夜里又吵得我无法成眠。

又是谁在那里唉声叹气，
以莫测的琴弦弹奏着相反的曲子，
如萧索枯黄的草原
却弥散着野蜜芬芳的香气。

夏日已经失色，夕阳正在坠落，
时光的流逝令我闷闷不乐，
残枝上的玫瑰仍在开放，

往事仍在谈笑放歌。

也罢，你这只擅长怨曲的行当，
那梦的厅堂里只有你在为我演唱！
我所得的产业是希望，
它像一座宫殿建造在记忆之谷上。

小酒馆屋顶的风信鸡

那搬酒工像一棵苗壮的罂粟花，
透过黑漆漆的地下酒窖的窗子，
他看见外面那姑娘美丽的金发
像一片成熟的黄澄澄的燕麦地。
巴克斯将南方新榨的葡萄佳酿
带去给北方鲁莽的年轻人品尝，
这生活仍然延续着青春的欢乐，
这时节仍然剩余有暖和的晚上。
夜间的每一个时辰都飞逝而过，
像一只逡巡穿梭的蝙蝠般快活，
远近的葡萄园子中洋溢着喜悦。
在那一片生长着花楸树的山坡，
阴暗的枝叶唱着窸窸窣窣的歌。
南风以呼啸的音乐将歌声附和，
那旋律美妙得像贝尔曼的大作，
夜幕初降的星光在山丘上闪烁。
那同我一起开怀畅饮的好伙计，
让我们坐在一起像无忧的修士，

让我们撬开那盛满琼浆的木桶，
拍一拍身边那可爱的修女伴侣，
将那美酒与爱情一并饮下肚里。

这小酒馆的屋顶上有只风信鸡，
它在黑夜的大风中不住地啼鸣。
当一轮朝日在晨间冉冉地升起，
将它尾巴的羽毛映得一团火红，
它的鸡头直愣愣地伸向那北方，
鸡尾则傲然地对着相反的方向。
屋子里的男人都已经烂醉如泥，
它嘶叫着对其发出蛮横的指示：
酒神的弟兄，风信鸡已经打鸣！
快快起来，回到那凄风苦雨中，
赶紧告别你们这一整夜的宿醉，
把你们的杯盘在地上摔得稀碎，
赶快去迎接那近在眼前的霜霰。
一切的欢乐和夏天都已经过完，
清冷凄厉的秋天已将人间侵占。

你的眼目如火焰

你的眼目如火焰，
我石蜡与松香的灵魂多么可怜，
离开我去吧，
在它燃烧殆尽之前！
我像一把小提琴，
将所有曲子藏在心间，
任你如何挑选，
我的每一根琴弦都将为你拨弹。

离开我去吧，
别，请赶快回到我身边！
我渴望熄灭又渴望着点燃。
无论春秋冬夏，
我充满期盼也充满了反叛。
我已调好所有琴弦，
等候着某人的命令开始表演，
它们将大声放歌，
如痴如醉，如同着魔，

将我心中陈年的恋情诉说。

请赶快回到我身边，
别，离开我去吧！
在一个夕阳昏黄的秋天，
我们燃烧得像大火星一样耀眼。
欢乐如一场飓风，
在我的血液中掀起波澜——
直至回归平静，
我才看见你脚步轻盈
消失在暮色中。
唉，你的情影从此便将我纠缠，
无时无刻不在眼前浮现，
然而，我那如火的青春
却已一去不返。

中世纪之歌

我要坐在芳草茵茵的山冈，
将小提琴架在肩上，
拉一支从前所学的曲子。
我要将这一首曼妙的中世纪歌曲
献给你，可爱的女郎！

我要歌唱那年轻人所熟稔的爱情，
你侧着玫瑰般的耳朵倾听，
被你真诚的笑容打动
我的歌儿自心中源源地流淌，
如风暴一般豪壮，为真情而唱，
令你不禁心驰神往。

我走过那苍茫的爱情的国度，
穿越高山与峡谷，
我的血液如河流在其中奔突。
我在高墙边将琴弦拨响，
我在广场上看清你的脸庞，

我听见幸福的眼泪点点落在地上。

我小扣着你的门庭，
你衣衫不整地站在门中，说了声，
"吻一吻我，然后踏上你的归程。"
我乞求带你越过沼泽和汪洋，
"那好吧。"你哭着讲。
然而，你还是没有跟在我的身旁。

你的折磨令我感到卑微，
我的灵魂在上帝之火里燃烧成灰，
我以歌声将心头之物向你忏悔！
骄傲的姑娘，你还要怎样？
是要看戏法，还是要听锣鼓叮当？
不如将我煎熬成肉汤。

我孤坐在这一片大好的春光，
将小提琴压在心房。
听哪，我将再度唱起
那一支曼妙的中世纪的春之歌曲，
请听吧，若你是我的女郎！

蒙厄的五月

那秀丽的蒙厄的五月，
如一把小提琴在远方唱歌，
它在那儿呼唤，
等你前去做青春的舞伴。
我却是哈格的秋天，
大风讲述着我游荡的传言，
沿着绝远的小径
"呼呼"地吹过每一个夜晚。
你要在昼间风雨兼程，
在夜里儆醒打更，
注定无法享受美妙的琴声。
夏日如草上的迷雾般消散，
你的使命却不可中断。

那秀丽的蒙厄的五月，
鸟儿在晨光中唱歌。
你的双眼为何竟这般疲倦？

你为何彻夜不眠？
这黑漆漆的夜晚，
难道会有邪恶的毒龙出现，
飞过人们的屋顶
喷射着火红的烈焰？
日光将我从暖梦之中唤醒，
瓦尔德霍恩家的雄鹰
飞入呼啸的暗林中。
哈格的秋天，我登上高山，
远离五月和苍白的梦幻。

我的心

我的心脏
是一个用栎树皮做成的气囊，
这三十年里
它一刻不停地在呼吸。
吸入这世上的干渴，
呼出疑惑；
好啊，我的气囊，
你要继续这样同生活抵抗。

我的心脏
是一座有四间屋子的大客房。
它喧闹不已，
却有一间悄无声息。
姑娘们正在跳舞，
请安静些：
因为，我亲爱的女郎
正沉睡在梦乡。

我的心脏

是一口藏着陈年美酒的木箱。

欢乐的伙计，

请你们接纳这一番美意。

所有宴饮的场合

都由我来张罗，

直至最后一滴血红的酒浆

汇入冥河中流淌。

风笛之歌

太阳就要落山，海边响起风笛声。这时，地主巴克赛尔先生来到这里，他是个诚实守信的年轻人。他说："我喜欢这风笛声，它让我想跳舞，让我回忆起意大利。"

大地在哭泣悲伤，
世界成为泪水的汪洋。
伴着风笛的哀鸣，
巴克赛尔先生将舞蹈跳动。

我要尽情地跳舞，
放声歌唱着："米洛姆——"
像在罗马时一样，
在那叫作弗洛姆的广场。

我毫不担心天气，
随你的皮囊奏起什么歌曲，
我的强壮又弯曲的腿脚
都能应付得巧妙。
我向来性情乖张，

生得一副心宽体胖的模样，
幸亏我不是罗锅，
这一点可以实话实说。

我的身边有四个女佣，
她们各有名姓：
丽莉莫斯、西塞拉、
阿格尼塔、巴拉拉。

丽莉莫斯将我的羊群看管，
巴拉拉将草地修剪，
西塞拉将家务打理，
阿格尼塔照料着我的起居。

当我翩然起舞，
这些女子们便停下忙碌，
床单和酒罐搁在一旁，
摇起花环为我伴唱。

我的面团在盆中发酵变馊，
我的奶油在碟子里腐臭。

我的心被伊人充满，
又何须理会世界的朽烂。

我对穷困不以为意，
天性使我一切都能过得去。
戏闹令我心情舒畅，
风笛使我健康寿长。

巴克赛尔从来不殷勤讨赏，
他在傍晚的林中徜徉，
白云上的维纳斯
微笑着向他投来柔情蜜意。

她肯屈尊做我的舞伴，
真是莫大的宠眷！
但即使她变成真正的人形，
也不能让我心动。

我在蜗牛壳中舞蹈，
在漆黑的良宵，
潜入灯火辉煌的高门大户，

与贵家女子同宿。

我已尝过那最俊俏的嘴唇，
不想再将别人亲吻。
大雨自天国降落，
酿成葡萄美酒供人们消渴。

树上喜鹊叫"喳喳"，
枝头鹬鸟鸣"啾啾"，
杜鹃将最后一支曲子唱过，
是时候该晒干草了。

像从前在罗马城中，
我们在林荫里跳个不停！
杜鹃已无可哀号，
此时应该晒起干草。

大地在哭泣悲伤，
世界成为泪水的汪洋。
伴着风笛的哀鸣，
巴克赛尔先生将舞蹈跳动。

苹果的丰收

秋风已吹红苹果的脸庞！
我将它献给你们，我的姑娘，
只为得到一点点酬劳：
务必请将这树儿殷勤灌浇。
一切低垂的枝子
都缀满了累累的果实，
一切有心的情郎
无不想讨好那心爱的姑娘。

我登上高高的架梯，
攀着枝子将苹果一颗颗摘取，
那树下的布垫上，
果子堆得像一座玫瑰花园。
漂亮的彩衣相接连续，
娇艳的裙钗来了又去；
我的果树下迎来远近的姑娘，
将我的果子品尝。

枝干在我头上摇响，
那可爱的棕发和圆实的肩膀
拥挤在我身边，
每个动静都令她们胸脯轻颤。
大地转动在我脚底，
她们将滚圆的硕果贪婪拾取，
像是从灰色的木樨草中
掏出玫瑰色的苍鹭雏鸟。

风儿开始减弱，
小径上落下昏黑的暮色，
那黑色的蝙蝠
来回地向着光亮飞扑。
我不禁遐想万千
我已经拥有世上最大的果园、
最出色的苹果，
拥有一切蓓蕾和女人的花朵。

如褐土上的鲜花一般，
在清风徐徐、圆月金黄的夜晚，
阿斯特拉罕的苹果挂在枝上

发出鲜亮的光芒。
我要将你看守着，
那多产的枝丫在摇曳，
像一只肥猫爬上夜里的苍穹，
我看到一轮光洁的月明。

我不知这是否值得，
给我一个亲吻换取一个苹果。
我的果子无比珍贵，
亲吻却惠而不费。
我既非犹大也不是毒蛇，
我的果子没有罪过。
我也没有虚情假意的嘴唇，
不会令温柔之人寒心。

我还要用它们造成苹果佳酿，
灌满我所有的酒缸，
随时倾倒出来，
招呼美丽的姑娘们品尝。
那漫漫寒夜和一整个的冬天，
卖家和买主

都要畅饮着美酒坐在炉火边
将亲吻与苹果交换。

猪倌和酒鬼伯爵的故事

(改编自一个民间传说)

有这样一位伯爵

在一座高大的房子里住着。

他用好看的罐子喝酒,

他的猪儿遍地走。

就算凶狠的爬虫"嗡嗡"乱叫

将他消瘦的身躯叮咬,

伯爵也不会对它们生气,

相反却十分怜惜。

一位来自乡间草原的少年

是这位伯爵的猪倌,

他照例跟猪儿住在一起,

照料它们的起居,

还要将槽子里的食料备好,

让它们吃得肥肥饱饱。

但这少年内心抱怨:

"晒干草的人儿啊,再见!

那伯爵家的俏闺女

正在跟女眷们将干草翻起！

再见吧，荣耀和梦幻，

我只能留在这群夯货中间。

我将河边的落叶收集，

将残渣与马粪捡拾，

把它们和着糠秕麦麸捣烂，

将猪儿的胃口添满。

她们的车子上垛满了干草，

她们要回家睡觉，

我为自己的工作感到愧疚，

只能藏在门后，

人人都因暴晒而脸红，

我却是因为心痛。"

当圣·布列塔的大风

扬出麦粒收入那仓廪之中，

那诚实的猪倌

赶着猪儿来到橡树林间。

哎呀，那是谁个

在石楠和野莓小路上走着？

衣衫结着一串珠链，
帽子以苍鹭的羽毛妆点，
绝不像女仆的打扮。

那正是伯爵家漂亮的闺女。
她打开丝绸的袋子，
将果酱面包和无花果馅饼
送给那猪倌享用。
他们一起坐在草堆里，
借着那一头大公猪的遮蔽，
他将她的朱唇亲吻。
这世界如此悭吝，
一个猪倌何时才有望翻身？

伯爵坐在房子中央，
将罐中的美酒品尝，
北极光映在他高大的身上：
他并非毫无思想！
他的头脑并没有染上热病，
他的醉眼温柔朦胧
越过书本，望向橡树林中。

他看见那对人儿的亲昵，
不住地颔首赞许。

他走下台阶，走向他们：
"告别你卑贱的身份，
伙计，你真是个男子汉，
你一身的品德
已完全通过了牧猪的考验。
你把它们养得肥肥壮壮，
每一头都油光闪亮。
请坐到这银闪闪的餐盘旁
用长勺子盛些汤，
这都是你自己劳动的果实，
请你做我的伙伴和女婿，
我已经衰老无力。"

天色昏暗的橡树林里
猪倌握着姑娘的一双柔荑，
猪儿发出满意的吭响，
将尾巴不住摇晃。
默默地望着这一切
善良的老伯爵温和地笑了。

流浪汉之歌

一日，一位十分受人尊敬的陌生客人出现在弗里多林的宴席上。他高大瘦长，眼神明亮，皮肤因长年旅行在外而晒得黝黑。他的衣着和举止，无不透露着高贵。极少有人知道他的故乡和身世，他的命运却令人着迷。大家都说，他是个很会将苦难变为笑容和勉励的家伙。

他站起身，说："弗里多林，在你的乐园里，我已经为一切流浪的真心汉子们写好了一支妙曲。现在，我十分乐意把它唱给你听。"接着，那个快活的人儿欢乐自在地唱了起来，席间的听众都大为赞许。

> 黑暗如今已不值得恐惧，
> 我要微笑，因我已见识过死神的样子。
> 那神圣的大光中，
> 所有痛苦像枯枝败叶一样被焚烧一空。
> 从岁月的余烬中燃起的青春之火
> 将我的生命充盈着，
> 我张开怀抱
> 去接纳一切生活的富饶和命运的美妙。
>
> 我清楚一切欢乐与灾难，
> 我的声音在歌曲和诗篇中呐喊，

我早年离开故乡的棕榈，
在行伍中赢得了赫赫的声誉。
我曾在旁人收获时懒惰地睡在草丛里，
无所事事地采着矢车菊，
我曾坦然地站在畜栏边上
傍着军中高大的马车将歌儿高唱。

我见过旗帜，将它视作我故乡的女郎，
在快活的节日演出和吵闹中，
在亲切和气的流浪汉中，
我的双臂曾将它无比骄傲地高扬。
我见过雄狮的利齿尖牙，
我见过温情的玫瑰花，柔情的茉莉花，
我见过那燃烧着男儿雄心的一切种种，
太阳照耀苍穹，地上吹着大风！

我们的命运不可乖违，
生活的烈焰和苦水已浸入我们的骨髓。
我们渴望许多却得到极少，
我们如何将愁苦从仅有的欢乐中除掉？
秋天的土地穿上金黄的衣装，

当别人都亲吻着他们在春天订婚的新娘，
我们高呼着举杯祝福，
像一群胡闹的精灵蹀躞起舞。

女郎啊，你的媚眼从炉火边将我拥抱，
那如梦的夜晚教我如何睡着！
你的校尉将在明日奔向剑丛刀山，
此生难以再见。
窗帘后你用泪眼婆娑的目光，
将我送上疆场，
我将带着你依依不舍的柔情遍地巡行，
太阳照耀苍穹，地上吹着大风！

世人们啊，听吧，好恶全凭你的主意，
由你送上鲜花或投来顽石。
你为之叫好的东西不见得是我们所需，
你深藏不露的东西也未必为我们所忌。
请仔细将我们瞧着，
这是一群不知所谓的家伙：
他们注定要永远在这一片大地上漫游，
想停便停，想走便走，
叫别人缙绅先生，只以诚实者自称。

秋之号角

秋之号角

这一支弯弯的秋之号角，
曾生长在牯牛头上，
也曾挎在放牛郎的肩膀，
如今伴我走遍四方。

让我听一听你悠长的角声，
伴着华尔兹般的阵阵秋风，
漫无目的地走去，
天马行空而步履从容，
走在那空荡荡的荒原之中。
我要踏着那芳踪，
探寻春风究竟何去何从，
那美妙的春色
短暂一现在四月和五月中。
守护春芳的神明，
何处藏着你们的身影？

我秋收的酬劳可谓丰厚，

你们这些乡绅先生俾我饮食，
还给我美味的果子，
四面的天际虽然是灰溜溜，
头上穹苍却蓝幽幽。
我的血液在奔流，
我的灵魂在温柔地颤抖，
虽有风霜严寒，
虽有雪地冰天，
那繁花却在我心中常留，
不会凋于霜雪或刀剑之手。

若论起我的工作，
希望你们说我是好劳动者。
别了，这绿荫小径和
盛开在我床前的玫瑰花朵。
我更想念故乡满园的硕果，
遍地铺满果实和落叶。
农庄笼罩于暮色，
大风巡行在黑夜。

为年岁加冕的高贵的族裔，

我要向你们致以敬意，
这年岁也必作为你们的冠冕。
因为你们有恒久的仁慈，
有长久的美意。
你们对雇工说："留在此间。"
我要向你致意，
丰收的九月点燃一切树叶，
像是灿烂的金子，
秋水时至的十月继之，
寒冷阴沉的十一月又继之。

驱赶着归宿的牛羊，
我为你将这支秋之号角吹响，
人们聚集在炉火旁，
流浪者也得以卸下了背囊。
我们环坐着谈天说地，
像是在扬场，
扬出籽粒，扬去那秕糠，
从枯萎的余穗上，
将每粒种子收入粮仓。
我们欢乐的籽粒越来越多，

我们痛苦的秕糠也是一样。

时间像一位匆匆的朝圣者，
从不肯停驻片刻，
你们这三个收获的秋月，
也昂首阔步地走过。
我将火把高举，
跟从你们响亮的呼号，
我在星空下吹响秋之号角，
将你们的前路引导。
我的角声吹开黑暗的夜色，
繁星点点坠落。
我罔顾一切
吹奏出一曲晚祷之歌，
伴着那冬之国王的管风琴，
欢迎他的驾临。

致和平

大地说："我久已厌倦了流亡与战争，
我的火把将天穹烧得通红。
日头啊，请你驱散这阴郁的瘴疬，
月亮，请你将阴森的刀斧隐藏在空中。

"赞美诗和钟声穿过教堂残破的穹顶
向星空凄惨诉说着我的悲哀。
为看护这宁静的和平，
请那温柔的白鸽筑巢在我的峡谷中。"

男人说："我的手指再也握不住钢枪，
弹片与铁丝网割破了我的脚掌。
我要逃离这生死的战场，
回到多露水的田野和盛产葡萄的家乡。

"我希望熊熊的炉火烧掉该隐的权杖，
将一切战斧熔化成镰刀。
我希望将那虚假骗人的荣誉扔在一旁，

为你这金色的和平摇旗歌唱。"

心儿说："这残酷冰冷的人间多么不安，
我希望保留着一块宁静的地盘。
我要等候死去的花儿将草地重新开满，
将沉睡的谷物的种子照看。

"在这一片草原焕发新生之前，
我只能缄默不言。
这一支吟唱不绝的如梦呓一般的弦歌，
是我留给子孙后世的遗产。"

生命的烛火在狂风和灾难中摇晃，
生命的膏油如河流在奔淌。
只有当其恢复宁静，
我才觉得自己的血液流得温暖又安详。

我驾驭着战车与士卒们偕作偕行，
面对风暴和怒潮满脸笑容，
我知道，大地最响的呼声
不是为了庆祝胜利，而是为了祈求和平。

弥 撒

某日清晨，你从白桦小路经过，
一枝结满露水的花儿在你手上拿着，
你对那娇艳的仙子
绽放出如痴如醉的笑靥。
接着，你觉得这样子似乎有些不妥，
便马上恢复了刻板的神色。
然而那一颗映照着灌木丛的露珠
还在你唇边留着。

我在死神的权势下病弱不堪，
病得成为一团令人伤心不已的黑暗。
它吞下了明媚的四月，
吞下了你这样一个青年的春天。
我期待着一位朋友漫步在我的花园，
在心里将你惦念，
我纯洁可爱的凤仙花，
你这样痛苦地踯躅在我的窗前。

在五月的景色中默想，
阳光和花丛里的十字架是多么荒凉！
让我们趁着白昼的光明
为我祈求健康，为你驱走忧伤。
就算大地在春天里生出另一副模样，
痛苦仍在生活中包藏，
仍有菌孢浮散在和煦的空气中，
仍有毒液在红花的枝叶间流淌。

然而，春天对这一切不理不睬，
任由歌声翻腾在花海，
你不得不为自己的痛苦找一个地方，
坐在那里静静地等待。
生活在虚妄中延续下来，
直到世界被隔在红十字的墙壁之外，
我美丽苍白的凤仙花，
你在那阴影中要何时才会盛开？

布鲁萨拉

布鲁萨拉的晨光，
你如洪流一般滚滚奔腾
倾泻着万丈光芒，
一轮红日升起在平原上，
像野马纵情驰骋。

你如锦云拥簇的夕阳，
以温柔的霞光
映耀着杨树挺拔的身影
和危楼的尖顶。

布鲁萨拉的夜晚，
你如那睡意未足的少女
偏偏又辗转难眠，
独坐在树下的灌丛中间，
破晓却浑然不知。

你如美丽的梦幻

徘徊在柳树的翠帐下面，
在绿荫小路上嬉戏，
那光影如温柔的雾气。

布鲁萨拉的春日，
你如天鹅的一声啼鸣
打破四周的宁静，
风雪虽仍在泥淖上飘起，
溪流却已低低絮语。

你如幽幽的梦境
探入那洁白的窗棂，
来如小提琴声悠然奏起，
去如一声太息。

布鲁萨拉的秋天，
你如末一缕白昼的阳光，
你像燕子一样
在暮风中飞舞翩翩，
将一声悲啼留在屋宇间。

你如啜泣的心儿一般，
飞去迢迢的天边，
再也飞不回那故乡，
飞不回房檐下的老巢上。

流 浪

你的道路延伸至此间，
一排挺拔的白桦树靠着山脚生长，
围成一条光明的走廊，
道路边还有一汪清泉，
那欢快的翠绿的树影倒映在水面。
青枝绿叶，随风荡漾，
在那浓荫深处还矗立着一栋小房。
一切村舍都红白相间，
远近的田野趣味盎然，
哦，这里就是你欢乐可爱的家园。

我的道路却通往天边，
那里的景象截然相反，
它消失于那高大的杉树林的拱廊，
又赫然出现在茫茫的旷野和水乡。
那道路如此崎岖蜿蜒，
它的风景是多么灰暗，
一路上的所见只有无尽的荒凉。

它好不容易攀上高山，
又被巉岩在中途截断，
费尽千辛万苦登上山顶极目远望，
却只有永恒的时空和命运在眼前。

晚　祷

我愿在凉风习习的夜晚，
安静地躺卧，
带着一些忧愁和遗憾，
将我的命运察看。

我有过阳光一样的爱情，
也有冰霜般的恨憎，
夜晚的河流泛起波光，
我的思想归于平静，
有益的血液流回我心中。

如一只年轻的雄鹰，
觅食了一整天，
需要停下来将精力休整，
慈悲的明月照耀着人间，
送来上帝的恩典。

就在这苍茫混沌的夜晚，

我像个乳儿一般，
为寻找食粮，
盲目摸索着母亲的胸膛。
大地与海洋已进入梦乡，
心事无际无边，
你连安慰都得不到一点。

让镰刀嚯嚯挥动

在麦穗与秸秆中，
我听见镰刀嚯嚯挥动，
一位姑娘在哭泣，
为她曾经的密友哀恸。

孩子，让它嚯嚯挥动，
在那三色堇和麦秆中，
随便它挥到哪里，
我的感情已别有所钟。

在那三色堇和麦秆中，
你得到一位姑娘，
我却是两手空空，
留下一个伤心的背影。

在林间的灌丛中，
我听见小牡鹿在哀鸣
我的姑娘在抱怨，

爱情之声已无影无踪。

孩子，让它噜噜挥动，
我终将漂泊不定，
溪水日夜流个不停，
却无人跑来将我欢迎。

幻想的画作

我画出了百合，
也画下玫瑰，
这些花儿没有根，
也没有人看见，
我只是出于喜欢，
将它们编成一只花环。

我画出了春天，
也画下秋天，
蔷薇果点缀在树丛间，
银莲花戴在胸前，
我调和了四季的颜色，
将伤心涂抹。

我画出一座城池
快活又美丽。
那里有灯塔，
有祭坛和穹顶的柱廊，

微笑的罗门王
与情人在花园游赏。

我画出一幅小像，
贞洁又多情，
矿工们将她描摹，
却没人知道她的姓名，
她像个秘密
藏身在姑娘们中，

我用幻想完成的画作
是多么独特！
它仍在扩张着，
有日渐宏伟的轮廓，
如黄瓜在太阳下生长，
一再膨胀。

我的创作已经完讫，
我要退去休息，
没有人知道我在哪里，
也不会有人提起。

那画作却像一位公主

一百年未曾老去。

神奇的磨坊

这一座磨坊转个不停，
闪耀着金玉般的光明。
不用风吹，不用水冲，
一根柱子挺立在空中，
磨盘在骨碌碌地滚动。
它有玉磨轴和银谷缸，
所罗门之印在罩子上。
站在边上向磨眼探望，
活像掉进了深井一样。
一个童子将石门开了，
　"快来，奶奶，爷爷！
我听你们说却没见过，
它能磨碎谷物和麦壳，
能把那干的磨成稀的，
还能把旧的变成新的。"

那对老夫妻走上前去，
颤巍巍地伛偻着腰肢，

脚下迈着蹒跚的步履。
一瘸一拐，破衣烂裙，
哦，可怜的达拉那人！
那位老头子先进了门。
里克，里克，迪拉克！
长礼服在他身上穿着，
参加婚礼的人都来了，
他变成一位新郎小伙！

老太太拄着一根拐杖，
一支烟锅叼在她嘴上，
邋遢的旧鞋带也没绑。
她走到了那通风口旁。
里克，里克，迪拉克！
鲜花和礼帽拿在手上，
她的那一位磨工新郎，
牵着她的手儿和衣裳，
两个人一起来到门旁，
她变成了年轻的新娘！

岸上的枝儿结为连理，

水中的香蒲燃起火炬，
那新娘脸上红晕泛起，
新郎说起从前的回忆：
"啊，五十年一晃过去，
今天请你再吻我一次！"

我失落地走在溪水边，
像野猪般将高山寻遍，
宽阔的河流冲下平原，
风儿呼啸过我的耳畔，
如青春的翅膀在呼扇。
我对这传说满怀期盼，
苦苦寻觅了这么多年，
直寻到大地的最北端：
"那磨坊和磨工在何方？"
忽然之间山神开了腔：
"变回新郎，想都别想！"

来到你床前

走过咯咯响的地板，
玛丽娜，我来到你床前，
钟声敲响了十二点，
我的双腿啊，请莫打战。

我是那迟来的春风，
将你的楼梯和门锁摸清。
我带来蓝堇的馨香，
它被织入灿烂的秋锦中。

在芳草连天的春日，
我便已经拜访过你，
如今我又来到这里，
在你门前唱起歌曲。

哭泣的新娘子

俊俏的新娘子，
来吧，来吧，你的欢乐已经过去。

啊，我多么可怜，我多么可怜！
这欢喜的日子，
为什么哭哭啼啼？
你要告别那些同龄的年轻朋友，
与年长的男子同居。
幸福转瞬即逝，
快呀，快呀，穿上你艳丽的嫁衣。

啊，我多么可怜，我多么可怜！
这欢喜的日子，
为什么哭哭啼啼？
你要把秀发在白麻布头巾下盘起，
把笑容从脸上抹去。
那双红鞋子要将你的双脚挤痛，
你要生儿育女。

啊，我多么可怜，我多么可怜！
这欢喜的日子，
为什么哭哭啼啼？
那金色的项链戴在你的颈子，
你已走进了牢狱。
你今日跳起最后的舞蹈，
明日就要对着那枯萎的花冠饮泣。

啊，我多么可怜，我多么可怜！
这欢喜的日子，
为什么哭哭啼啼？
花儿还开在这里，
你却一个人向寂寞的荒野走去。

大鼠疫之歌

时间到了，
你们如今已吓得变了脸色！
人间竖起刀剑，
那疠疫之子正在四方征战。
东风吹起他黑色的纛旗，
那幽灵携着大鼠疫
将它的毒汁
四处洒向病得不轻的人世。

末日的审判终于临到人间，
它并非虚幻，
也不是为要将人欺骗，
它如今活生生
站到了这一个国家的门前。
泥沼爬出带瘟疫的蛆虫，
群集蜂拥地蠕动，
大地再也不遑向上帝呼求，
连战战兢兢的赞歌

都不再闻一声。

啊，那时代之子受了诱惑，
以西方最是着魔；
他俯伏着
像奴隶一样求告，说：
"主啊，求你将我
这一捧尘土变成一袋金子！"
上帝听见这话
便对他的灵魂大加责罚。

你们的贪婪使得血流四方，
你们的权贵将盟誓违背，
你们以上帝之名行事肮脏，
你们从那永恒的梦乡
唤起恐怖的欲望。
时候到了，
快快忏悔你们的罪过：
一切皆是罪有应得。

他们在寻找，

那医治时疾的良药

有可令人起死回生的疗效。

尽管恶魔在狞笑，

他们已然吞下那仙草。

魔鬼四散而逃，

虔诚之人重新站起，

玛门①与撒旦已经联袂逃跑。

你高举着旗仗，

将那奋起抵抗的号角吹响，

野蛮人、疯子和英雄，

在你的传奇中间纷纷登场。

你所创的光荣，

如今岂可任由恶魔们践踏，

他们杀死孩童，

戕害了他们的父兄。

自远方的天穹

透过来那怒不可遏的黎明。

胜利在我们心中，

①《圣经·新约》中象征财富与贪婪的假神。

我们要披坚执锐讨伐顽凶，
在心灵的国度，
上帝与我们同行。
一切武器在我们手上拿着
刀子扎进恶魔的心窝，
月桂和橄榄树下，
斧头要将它们的头颅砍斫。

大地迎来了春天，
瘟疫的阴云还残留在天边，
啊，让我们以怒吼与烈焰
将这阴霾驱散！
那厌胜的火药在歌唱，
我们这一班儿郎
告别了家乡来到这片战场，
和平虽在眼前，
而人类同恶魔之间
却仍然有最后要打的一仗。

再 见

啊，苍白的美丽的画像，
你如何会突然来到我的身旁？
这清冷空虚的秋季，
你要为我送来什么样的安慰？
昨天与今日，
生活已经起了多么大的变异。

久闻你身体欠安，
我便赶来你的床榻前，
却见你像那白色的幽灵一般
穿着寿衣躺在里面。
你欣然地招呼我：
"来啊，别怕，我还活着！"

我们的交谈如此安详，
你将胸脯贴近我的面庞，
亲吻了我一下，
这一吻深情又疯狂。

我抬头看见，那残忍的春天
正微笑着站在你窗前。

每一日都似这般，
你总是轻松地对我说着再见，
你说，你深知
那即将到来的死亡。
你的生命像消融的雪花一样，
一切如春光流淌。

蜡烛女工

星儿闪着静谧的光芒。
制蜡烛的女工站在湖水旁，
将湿淋淋的灯芯，
放在牛脂中央。
一支烛火在窗台上摇晃，
指引瑟缩的路人，
圣诞节吉祥，
这佳节多么令人欢畅！
啊，这一支蜡烛
像伯利恒寒舍之上的星光，
在风雪的晚上，
为你将那小路照亮。
啊，这一支蜡烛
像花儿一样粲然绽放，
葳蕤生光，
为你将黑暗赶去一旁。
啊，我的姑娘，
我愿意倾尽一己之力，

做你年轻的仆役，
献上我的诚意。
我既无钱财也无权势，
只有一点微不足道的助益，
流淌着潸潸的泪滴，
照亮你的闺室。
请让我成为一支火炬，
在礼拜日的黑夜为你高举！
你的目光将我点亮，
它来自那春姑娘的眼里。

巫女，请将你的锅子搅拌！
让你的灯芯伸展，
像大树的枝丫一般，
或像百合花骄傲的茎秆。
它们就要站在烛台上
将歌儿合唱，
赞美那冬天的太阳
在白雪上映着迷人的光芒。
我却是这样粗野，
无法将你的光韵领略，

我只觉得，
春光正随你的长发飘拂着。
我将这蜡烛吹灭，
将麦芽面包丢进铁锅，
煮到泛起泡沫，
那味道美得没法说。
酒杯在餐台上闪闪发亮，
大家环坐在条凳上，
踏过厚厚的积雪，
我们为庆祝圣诞而聚一堂。
巨人和猫头鹰
正蓄谋向我们的村子进攻，
这些害人精
休想给我们带来伤痛。
请你赶快制作蜡烛，
我也要赶制弹丸，
我们要携手并肩，
保卫这欢乐的城堡的安全。

星儿闪着静谧的光芒。
小伙子坐在蜡烛女工身旁，

那生活的光亮
如蜂蜜和脂油般甘香。
他们像在圣诞童话中那样
舞蹈在火堆旁，
一直跳到那炭火和烛光
在深夜里熄灭。
风中飘荡着圣诞夜的赞歌，
他安眠在圣诞夜的草垛，
那蜡烛女工
也裹着羔皮在他身边睡了。

织 女

我要用细细的绒毛
织成地毯一块，
柔软得好像林中的青苔，
艳丽好似玫瑰花开。
你可以在其上走着，
将灵感捕捉，
写一首动人的好歌。

我要织出一片挂毯，
挂在满座宾客的眼前，
那美丽的图案
别致又鲜艳。
我要织出一匹锦缎，
在花儿和灯火之间，
粲然闪耀在漆黑的夜晚。

我要织出一张床单，
将你的卧榻真心地装点，

你便会做起梦，
回到那一座绿色的凉亭。
无论你想念，
还是要背叛，
你都要回忆起我的诺言。

草地传来歌吟，
伴着一把古老的小提琴，
歌声响彻云天，
唱着那位"老弗里多林"。
我要织出一条围巾，
将你的玉颈装扮迷人，
像姑娘们穿上漂亮衣裙。

你独立在花园中央，
如往日一样。
飞梭来而复往，
织成霞光将你额头照亮。
来吧，青春的时光，
莫再游荡彷徨！
来吧，愿夏日常留身旁！

老雇工之歌

在二十岁的年纪，
我也曾有过快乐的日子。
一位农庄的东家
给了我半壶浓烈的酒浆。
我坐着将它品尝，
喝完便去找了一位姑娘，
我在心里这样想：
就快快活活地躺着好了，
任时间如何流淌。

如今我已经是老态龙钟，
手脚已动弹不动，
我开垦土地将粮食播种，
也给人做过矿工。
我靠着整日辛勤的劳动，
无须再乞讨为生，
如今我可以安心地躺着，
一切让给他人去做，

舒舒服服地睡在麦草垛。

我那俊俏的姑娘，
每一日都会来将我探望，
带来咖啡和热汤，
以及各种不同样的给养。
她还带来了杜鹃，
这鸟儿"关关"地叫个没完，
我也学着它叫唤，
却惹得她对我大叫大喊，
不知这有何相干。

我从不记得这一些白杨
如今秋天这般高唱。
他们以清越寥廓的嗓音
直唱得荡气回肠。
他们唱："那老雇工啊，
如今已睡在床上，
从今而往都要睡在梦乡，
让我们将那霜叶
当作红花盖在他的胸膛。"

乐园中的姐妹

一枝土耳其玫瑰站在门边，
带我进入绿意盎然的圣殿，
一群美丽的姑娘玉立此间。
白昼之后花儿恢复了鲜艳，
她们摇曳在这薄暮的夜晚，
在圣母的乐园中絮语喃喃。

这佳人都来自远方的绝域，
她们虽吐露芳华顾盼生姿，
终不免在雨露中零落成泥，
百合如雪却多么容易凋去，
只消数月便剩下球茎一只，
名贵如大丽花也命该如此。

不过眼下却应当尽情欢畅，
将娇媚的笑容洋溢在脸上，
花瓣一片片在暮色中绽放。
当天空消退了烈日的光芒，

当风儿停止了呼啸和逞强，
从你们那全然盛开的胸膛，
吐露着一阵阵甜美的芬芳，
这幽香如何不惹人费思量？

我知道你们为何默想低语，
同样的血液纯洁又有活力，
如水面下汹涌澎湃的潮汐，
悄然涌动在我们的身体里，
我温柔稚嫩的心灵的情意，
好像你们口中的一个词语，
好像一位心事满腹的修女，
躲在圣母院鲜活的花丛里。

寒流吹得风信鸡咯咯叫唤，
受迫于那霜霰风雪的刀剑，
鲜红的玫瑰蜕去她的妆扮。
可是那聪明伶俐的龙舌兰，
却守着烛火一点也不困倦，
她对自己的身世闭口不言。

一位年迈消瘦的修道院长，
像笔直的箭杆倚在围墙旁，
以颤抖的声音将祷告宣讲，
那枞树为她将管风琴奏响。
它要将这一曲为她们献上，
那众姐妹要去赴秋之宴飨，
要去将那午夜的弥撒观望，
我的心灵随她们一同俯仰。

十 月

我在怪石嶙峋的山乡租了一间小屋，

一个人在这里居住，

此间空气新鲜且阳光充足，

这么多年来，

我头一次将每个季节看得清清楚楚。

那老橡树的洞穴中住着一只猫头鹰，

它睁着眼睛，神情机警。

伴着稀稀落落的夜雨声，

它凄厉无比的哀鸣

每每响彻在我神秘黑暗的梦境。

当雪花纷纷飞起

装扮出一片银白的大地。

林中的鸟雀便会来到我的院子里，

那羽毛的颜色有蓝，有灰，还有绿，

就像中了魔法的那一只[1]。

---

[1]此处似指法国奥尔努瓦夫人（1650？—1705）所著童话《青鸟》，其中有王子中魔法变为青鸟的情节。

我的心瑟瑟颤抖着，

当冬天刮起寒风刺骨凛冽，

我便重新看到了那孩提时的欢乐，

那嬉戏的白雪，

那静谧的明月，

直至四月的初春时节，

那位克洛利斯①以她轻柔颤动的音乐

唤醒一切娇嫩与纯洁。

然而，如今已又是秋天，

这房子的石墙边

最后一朵罂粟的花儿已经绽放。

我将不再撒种在它的花园，

我也将不再把葡萄架搭在它的门前。

道旁的树木如昏黄的烛火

照着离去的马车，

一切尽已七零八落，

经历过那一番患难病痛和风雨波折，

我回到从前的居所，

那结实的庭院虽说一如从前，

①克洛利斯，希腊神话中的山林女神，她口中所发的声音可以催生绿叶和鲜花。

周围却是一片黍离之色。
那小山坡曾经童声叮咛，鸟儿啭鸣，
如今却这般空旷寂静。
如松鸡在火红的桦树林藏匿其影踪，
啊，我的渴望将遁入十月的黑暗中。

冬日里的管风琴

万圣节，它的圣殿多么阴森，
它的穹顶多么低沉！
圣歌在夏日之后戛然而止，
如一声绝响的霹雳。
它漆黑的天空的斗篷被撕裂，
树丛如碎布片降落，
黑夜追缅着一切亡灵与死者，
枯草安息着一切肉体与魂魄。

当大地重又回到广阔的光明，
显露出湛蓝的晴空。
一个新世界由死亡脱胎而出，
如此的纯洁又坚固。
在严霜大风的晚上，
拱廊下连排的音管闪着镍光；
这偌大一架管风琴
静静竖立在夜幕和顽石中央。

树叶已停止了飘落，
只剩消瘦的树干滴沥着汁液，
风儿也不再吹拂，
那花枝和草叶已经十分纤弱。
然而高山间的杉松
却像冷峻的领唱者声如洪钟；
为欢迎降临的圣灵，
圣塞西莉亚①将琴弦速速拨动。

那一座宽敞的大教堂的院落，
像野地里开满百合。
那风琴的音管多么响亮铿锵，
伴着号角声声高昂。
少女的声音向着那国王唱起！
他以火花回应致意，
从那九天之上的神圣殿堂里
传来了袅袅的仙曲。

伊戈尔②迈着沉重阴霾的脚步，

①圣塞西莉亚，西方神谱中的音乐守护神。
②伊戈尔，罗马神话中的风神。

228

赶来参加这场演出，
他的风袋为世间带来了云雨，
一连便是数个星期。
北风配合着哒哒的铅号呼啸，
宣告那新年的来到。
伴着那响亮愉快的牧人之歌，
东风阵阵飘然而过。

啊，高大的管风琴，
我在你的守护之下成长至今，
你的乐声悠扬动人，
它如今已经充满了我的灵魂。
你这般深沉而安详，
却又包含着铿锵激昂的力量，
那痛苦的严冬时光，
因你变得像安息日旅行一样。

东面的教堂次第点亮了灯火，
已临到黄昏的时刻。
路上的积雪扬起如轻纱一般，
又像那风帆和火焰。

你这样一直劲吹到天色破晓，
当星星在夜空睡觉，
你是万籁俱寂时唯一的曲调，
何等的动人又美妙。

在那可怕如洪荒时代的夜晚，
我倾听着心惊胆战，
唯恐一切洪水和风暴的灾患，
冲出你长短的音管。
低沉迟钝的巴松管也应和着，
如一棵橡树被摧折，
大小的孔窍奏出错杂的音色，
如大钟混乱了时刻。

在那黑漆漆的晚上，
我映着雪光在枫树林中游逛，
听见你在哭泣哀伤，
如大提琴的声音将黑夜拉长；
忏悔星期二的赞歌，
你蠢蠢欲动的心事越来越多。
头阵春风多么暖和，

在清晨的葡萄酒上吹出皱褶。

圣玛丽晒得暖洋洋，
站在闪亮的冰壳上红着脸庞。
森林是黑色的裙装，
一颗毛榛子粘在她的裙角上。
她宣布着："枝头已消去冰雪。
白色琴手啊，你可以歇上一歇！
另一支盛大的乐队正朝这走来，
那便是人称春天的伟大演出者。"

附录一 卡尔费尔德年表

1864年 7月20日，卡尔费尔德出生在瑞典达拉那地区的福卡那城。

1885年 考入乌普萨拉大学学习文学。

1895年 出版第一部诗集《荒原和爱情》。同年，获得文学学士学位。

1898年 获得文学史和英文两科硕士学位。同年出版了诗集《弗里多林之歌》。

1900年 在斯德哥尔摩的皇家图书馆担任研究员的职位。

1901年 出版诗集《弗里多林的乐园》。

1904年 在瑞典学院任职，被推选为瑞典皇家科学院院士。

1906年 出版诗集《福罗拉与波莫娜》。

1907年 任诺贝尔文学奖评审委员会委员。

1912年 担任上述委员会永久秘书。

1918年 出版诗集《福罗拉与柏洛娜》。

1927年　出版最后一部诗集《秋之号角》。

1931年　7月12日，在瑞典斯德哥尔摩病逝。10月8日，获得诺
　　　　贝尔文学奖的死后哀荣。

附录二　诺贝尔文学奖大系书目

1901 年	苏利·普吕多姆（法国）	《孤独与沉思》

1901 年　　苏利·普吕多姆（法国）　　《孤独与沉思》

1902 年　　特奥多尔·蒙森（德国）　　《罗马史》

1903 年　　比昂斯滕·比昂松（挪威）　　《挑战的手套》

1904 年　　何塞·埃切加赖（西班牙）　　《伟大的牵线人》

1904 年　　弗雷德里克·米斯特拉尔（法国）　　《米赫尔》

1905 年　　亨利克·显克微支（波兰）　　《你往何处去》

1906 年　　乔苏埃·卡尔杜齐（意大利）　　《青春的诗》

1907 年　　拉迪亚德·吉卜林（英国）　　《丛林故事》

1908 年　　鲁道夫·奥伊肯（德国）　　《人生的意义与价值》

1909 年　　拉格洛夫（瑞典）　　《尼尔斯骑鹅旅行记》

1910 年　　保尔·海泽（德国）　　《骄傲的姑娘》

1911 年　　梅特林克（比利时）　　《青鸟》

1912 年　　霍普特曼（德国）　　《织工》

1913 年　　泰戈尔（印度）　　《新月集·飞鸟集》

1915 年　　罗曼·罗兰（法国）　　《约翰·克利斯朵夫》

1916 年　　海顿斯坦姆（瑞典）　　《查理国王的人马》

1917 年　　彭托皮丹（丹麦）　　《天国》

1917 年　　耶勒鲁普（丹麦）　　《明娜》

1919 年　　卡尔·施皮特勒（瑞士）　　《伊玛果》

1920 年　　汉姆生（挪威）　　《大地的成长》

1921 年　　法朗士（法国）　　《泰绮思》

1922 年　　贝纳文特（西班牙）　　《不该爱的女人》

1923 年	叶芝（爱尔兰）	《当你老了》
1924 年	莱蒙特（波兰）	《农夫》
1925 年	萧伯纳（爱尔兰）	《圣女贞德》
1926 年	黛莱达（意大利）	《邪恶之路》
1927 年	亨利·柏格森（法国）	《创造进化论》
1928 年	温塞特（挪威）	《新娘·女主人·十字架》
1929 年	托马斯·曼（德国）	《布登勃洛克一家》
1930 年	辛克莱·刘易斯（美国）	《巴比特》
1931 年	埃里克·卡尔费尔德（瑞典）	《荒原与爱情》
1932 年	约翰·高尔斯华绥（英国）	《福尔赛世家》
1933 年	伊凡·亚历克塞维奇·蒲宁（俄罗斯）	《阿尔谢尼耶夫的一生》
1934 年	路易吉·皮兰德娄（意大利）	《六个寻找剧作家的角色》
1936 年	尤金·奥尼尔（美国）	《进入黑夜的漫长旅程》
1937 年	马丁·杜·加尔（法国）	《蒂博一家》
1944 年	约翰内斯·延森（丹麦）	《希默兰的故事》
1945 年	加夫列拉·米斯特拉尔（智利）	《葡萄压榨机》
1946 年	赫尔曼·黑塞（瑞士）	《荒原狼》
1947 年	安德烈·纪德（法国）	《窄门》
1949 年	威廉·福克纳（美国）	《喧哗与骚动》
1954 年	海明威（美国）	《永别了，武器》
1956 年	希梅内斯（西班牙）	《小毛驴与我》
1957 年	加缪（法国）	《局外人》
1958 年	帕斯捷尔纳克（苏联）	《日瓦戈医生》